葉月文
俺を置いて大人になった
幼馴染の代わりに、
隣にいるのは
同い年になった妹分
さんかくの
アステリズム
Summer Triangle

このソックス、
わたしに穿かせてくれない？

7 years later
姉
天《あま》河《かわ》千《ち》惺《せ》
幼馴染の結弦に告白し、結ばれたのだが――
彼が病気により七年も眠っていた為、
先に大人になってしまう。現在は高校教師に。

ユヅくん。
お待たせしました。
ど、どうですか？
はぁ、気持ちがいいですね。

――ずっと好きだった女の子から、告白された。

俺たちはそれで幸せになるはずだった。

初恋《はつこい》相手の幼馴染《おさななじみ》が彼女なんて、在《あ》り来《きた》りで面白《おもしろ》みのない恋愛《れんあい》だと笑う奴《やつ》もいるだろうが知ったことか。

あいつの隣《となり》が俺のいるべき場所。

この子を守り、大切にしていく。

けれど、固く摑《つか》んだはずの決意は直後に俺の指から零《こぼ》れ落《お》ちることになる。

七年というどうしようもなく長い月日が、俺たちの仲を引《ひ》き裂《さ》いたから。

――七年前は妹としか見れなかった女の子から、告白された。

思い返せば、それが始まり《リスタート》。

本来なら一度ハッピーエンドで閉じたはずの恋愛小説《おとぎばなし》を開き、続きを書き込んだ奴《やつ》がいたんだ。

そいつは七つ年下の、俺にとっては妹分みたいな子で、つまり幼馴染《おさななじみ》であるあの子と同じくらい大切な人だった。

故《ゆえ》に、その告白の前と後では俺たち三人を取り巻く関係はがらりと変わってしまう。

もう、七年前《あのころ》には戻《もど》れない。

これは、俺と彼女と彼女が紡《つむ》ぐ三角の形をした星《さんかくのアステリズム》のような恋の話。

プロローグ　あの星に、わたしの指は届かない。

☆

「ねえ、ユヅくん。あなたが好きです」

俺と幼馴染《おさななじみ》の、十七回を数えた誕生日のこと。

参加していた祭りのイベントで天体望遠鏡を覗《のぞ》き込み〝こと座のベガ〟を瞳《ひとみ》に捉《とら》えたタイミングで、頭上からそんな声が降ってきた。

世界を明るく色づけていくようなその美しい言葉は、よく知ってる千惺《ちせ》の色を纏《まと》っていて。

不意に顔を上げると、その先には耳まで真っ赤にした美しい女の子の姿が一つ。

「もう一度、言いますね」

同じ年の同じ日に、親友同士である両親の元に命を授《さず》かり、隣《となり》の家に住み、友人より親しく、兄妹《きょうだい》より近くで育ってきた俺たちは、どんな時だって一緒《いっしょ》にいたし、互《たが》いの性別を意識する頃《ころ》には当然のように惹《ひ》かれ合っていた。

俺も千惺《ちせ》も、お互《たが》い以外は誰《だれ》も見えていなかった。

あとはどちらかが一歩を踏《ふ》み出《だ》すだけという状況《じょうきょう》で、先に勇気を振《ふ》り絞《しぼ》ったのは千惺《ちせ》の方。

「ユヅくんのことが世界で一番好きなんです。私《わたし》と付き合ってくれませんか？」

今日まで、こいつのいろんな表情《かお》を数えきれないくらいたくさん見てきたんだ。

だけど、これほど強い決意を秘めて揺《ゆ》れている千惺《ちせ》の瞳《ひとみ》は初めてだった。

驚《おどろ》きで言葉を失っていると、それを拒絶《きょぜつ》と勘違《かんちが》いしたのか、彼女の顔がくしゃっと歪《ゆが》む。

慌《あわ》てて手を伸《の》ばし、その柔《やわ》らかな頰《ほお》に触《ふ》れた。

紅潮している肌《はだ》は強い熱を持ち、触《ふ》れた先から火傷《やけど》してしまいそうなほど熱い。

あるいは、俺の指が熱いのか。

きっと、それは俺たちがお互《たが》いを想《おも》う気持ちの強さにとてもよく似ている。

「──駄目《だめ》でしょうか？」

消え入りそうな声に愛《いと》しさが溢《あふ》れ、抱《だ》きしめたくなる衝動《しょうどう》を必死に耐《た》えた。

「駄目《だめ》だな」

「え？」

「だって、そのセリフは俺から言いたかった」

「それじゃあ」

「俺も千惺《ちせ》のことが好きだ。俺と付き合ってくれるか？」

尋《たず》ねると、世界で一番幸せな女の子みたいな顔をした千惺《ちせ》は強く頷《うなず》いてくれたんだ。

もちろん、「はい」と。

こうして、俺と千惺《ちせ》は彼氏彼女になった、はずだった。

☆　☆

私が幼馴染《おさななじみ》の東雲結弦《しののめゆづる》くんに告白しようと決意したのは、十七回目の誕生日のこと。

その夜は、毎年恒例《こうれい》の〝星逢祭《ほしあい》り〟でした。

日本でも有数の巨大《きょだい》な公開天文台があるこの町では、七夕の夜に町をあげた大きなお祭りが開催《かいさい》されているのです。

私は、そのお祭りが大好きでした。

普段《ふだん》なら夜に沈《しず》んでいるはずの時間でも星が落ちてきたみたいに町はキラキラしていますし、誰《だれ》もが楽しそうですし、いつもより遅《おそ》くまでユヅくんと一緒《いっしょ》にいても叱《しか》られないし。

毎年、私とユヅくんと、それから私の妹である希空《のあ》ちゃんと三人で参加していた星逢祭《ほしあい》りに、けれども今年だけはどうしてもユヅくんと二人だけで参加したかった。

この町の住人にとって、星逢祭《ほしあい》りでのデートは特別な意味を持ちますから。

お祭りの直前になって、私は希空《のあ》ちゃんにお願いしました。

「ごめんなさい、希空《のあ》ちゃん。今年だけは私にユヅくんを独《ひと》り占《じ》めさせてください」

私たちより七つ年下の妹は、深い青色をした瞳《ひとみ》を一度だけパチッと瞬《まばた》かせていました。

「とっても大切な用事があるんです」

「大切な用事ってなに？」

そんな風に首を傾《かし》げた彼女の問いには答えられません。

だって、私の想《おも》いは誰《だれ》より最初に彼に伝えなくちゃいけないので。

答えを濁《にご》すようににっこり笑うと、しばらく黙《だま》っていた希空《のあ》ちゃんは、それでもにぱっと花が咲《さ》くように笑って応えてくれました。私とは違《ちが》い明るい性格をしている彼女の笑顔《えがお》は、世界を包む夜《やみ》さえ吹《ふ》き飛《と》ばしてしまう太陽に似た温かさと魅力《みりょく》に満ちていて、ひどく眩《まぶ》しい。

大きくなったら、私の何倍も素敵《すてき》な女の子になるでしょう。

彼女と年が離《はな》れていることを、私は神様に感謝しなくてはいけないんでしょうね。

だって、もし同い年だったなら私たち姉妹《しまい》は同じ人を巡《めぐ》って争うことになるでしょうから。

「よく分かんないけど、いいよ。じゃあ、わたしは遥海《はるか》を誘《さそ》っていくね」

「ありがとうございます」

感謝の裏に、『ごめんなさい』という謝罪を一つ、せめて丁寧《ていねい》に張りつけておきました。

この幼く純粋《じゅんすい》な妹の中に芽生え始めている感情の向かう先を知っているのに、けれど気づかないふりをしたことに対してです。

でも、しょうがないじゃないですか。

好きな男の子《ユヅくん》だけは、可愛《かわい》くて愛《いと》しい妹にだって譲《ゆず》れませんから。

この日の卑怯《ひきょう》な振《ふ》る舞《ま》いに後悔《こうかい》する時が七年もの月日が過ぎてからくることを、十七になったばかりの私はまだ知りません。

☆　☆　☆

姉さんと約束した通り、親友の遙海《はるか》と二人でわたしは星逢《ほしあい》祭りを楽しんでいた。

出店を冷やかしたり、屋台で食べ物を買ったり、短冊《たんざく》にお小遣《こづか》いアップをお願いしたりした。

途中《とちゅう》、兄さんと姉さんの姿を見つけるまでは、の話だけど。

浴衣《ゆかた》で綺麗《きれい》に着飾《きかざ》った二人は手を繋《つな》ぎ、天文台のある高台の方から歩いてきていた。そのまま こちらに気づかず、大通りから離《はな》れていく。

主人を見つけた飼い犬よろしく、わたしは目に見えない尻尾《しっぽ》をぶんぶんと振《ふ》った。

大好きな二人の姿に嬉《うれ》しくってたまらなくなってすぐに声をかけようと思ったのに、思わず躊躇《ちゅうちょ》してしまったのはどうしてか。

お祭りに出かける前と今とでは、ちょっと違《ちが》って見えたせい。

『ごめんなさい、希空《のあ》ちゃん。今年だけは私にユヅくんを独《ひと》り占《じ》めさせてください』

数時間前に聞いたばかりの、姉さんの声が脳裏《のうり》にリフレインする。

『とっても大切な用事があるんです』

その内容について、彼女はわたしに秘密を作った。

嫌《いや》な感じで、胸がざわめく。

ざわざわと鳴る心臓の音は、どこか台風の夜に似ていて。

なんだか、とっても不安で。

二人の距離《きより》が近い。

取り巻く空気が甘い。

姉さんの手首に織姫《おりひめ》をモチーフに編まれたミサンガがあったことが、一番の要因だったのかもしれない。約束の帯の意があるプロミス・バンドとも呼ばれていて、手や足に身につけていたものが自然に切れたら願い事が叶《かな》うと言われている組み紐《くひも》の一種。

この星逢《ほしあい》祭りではカップルでいくつかのイベントをクリアすると、男性には彦星《ひこぼし》モチーフのミサンガが、女性には織姫《おりひめ》モチーフのミサンガがプレゼントされる。

しかも、開催《かいさい》年ごとに微妙《びみょう》にデザインが違《ちが》うという力の入れよう。

時間が重なるにつれて強く激しくなっていく動悸《どうき》に胸が詰《つ》まり声を出せずにいると、兄さんの浴衣の袂《たもと》から彦星《ひこぼし》モチーフのミサンガがひらりと落ちた。

どうやら気づいていないらしい。

二人は振《ふ》り返《かえ》ることのないまま歩いていく。

しょうがないなぁ、と気持ち的に少し背伸《せの》びできたことがわたしの硬直《こうちょく》を解いた。

「ごめん、遙海《はるか》。お兄ちゃんたちに届け物してくる」

「え？　あたしもいこっか？」

「ううん、大丈夫《だいじょうぶ》。すぐに戻《もど》るから」

「あいあーい。じゃあ、ここで待ってるっすわ。あ、おじさーん。そういうことだからぁ、もう五百円追加ね。あと、後ろにある景品も棚《たな》に並べてよ。できるだけ高い奴《やつ》を中心に」

「ちょっと、遙海《はるか》ちゃん。これ以上は勘弁《かんべん》してくれって」

「やーだ♡」

ペロッと可愛《かわい》く舌を出し射的に熱をあげる遙海《はるか》を残し、落ちていたミサンガを拾ってすぐに二人を追いかけた。お兄ちゃん、これ落としたよ。しょうがないんだから。お姉ちゃんも注意して見てないと。二人揃《そろ》って案外抜《ぬ》けてるよね。もう高校生なんだから、しっかりしたら？

偉《えら》そうないろんな言葉たちが頭の中に浮《う》かんで――。

そして、真っ白になった。

言葉は声という輪郭《りんかく》を得ることなく、消しゴムをかけたみたいに消えていく。

二人には簡単に追いつけた。

大通りから少し離《はな》れたところにある神社を囲う、いわゆる鎮守《ちんじゅ》の森の奥で足を止めてたから。

「え？」

驚《おどろ》きだけが、ただただ音になって溢《あふ》れる。

――時すらも止まるような静謐《せいひつ》で神聖な星の光の下で、二人はキスをしていた。

気づいた時、わたしは泣きながら逃《に》げていた。

そう、逃《に》げたんだ。

目の前に広がる現実から。

「はっ、はっ、はっ」

見てはいけないものを見たことだけは分かっていて、冷たい電流に体が粟立《あわだ》ち、頭が信じられないくらい熱くて、胸がいっぱいになって苦しくて苦しくて苦しくて、どれだけ走ってもその苦しさを吐《は》き出《だ》せなくて。そのくせ、痛みは熱を孕《はら》んだ液体となり瞳《ひとみ》の内に溜《た》まっていって。

痛いよ、苦しいよ、嫌《いや》だよ。

「はっ、はっ、はっ」

半袖《はんそで》から伸《の》びる剝《む》き出《だ》しの二《に》の腕《うで》を、枝でひっかく。

熱が細く赤い線をわたしの肌《はだ》の上に引き、ピリピリと痛い。でも、心臓はもっと痛かった。

血が流れる腕《うで》の、百倍とか千倍くらい痛い。

「はっ、はっ、はあああっ。ヤだぁ。嫌《いや》だ嫌《いや》だ嫌《いや》だ。うぁ」

一人になって、言葉にならない声を張りあげた。

「――あぁぁぁああああああっ。あああ、もうもうっ」

慟哭《どうこく》が、黒い姿をした鳥のように翼《つばさ》を広げ夜を渡《わた》っていく。

重い足に速度は落ち、やがて立ち止まる。

体を折り、膝《ひざ》を曲げ、地面に額を擦《こす》りつけるようにして泣いた。涙《なみだ》が、夜の闇《やみ》を一層煮《に》つめたような濃《こ》い傷痕《きずあと》を地面にボタボタと残していく。

知らない知らない知らない、こんな感情も痛みもわたしは知らない。

喪失《そうしつ》だった。

悲しみだった。

悔《くや》しさだった。

手の中に握《にぎ》り締《し》めていた彦星《ひこぼし》のミサンガを、一層強く握《にぎ》る。

濡《ぬ》れて真っ赤に腫れた瞳《ひとみ》を夜空に放る。

そこには〝夏《さんかく》の大三角《アステリズム》〟が輝《かがや》いていた。

夏の夜空で三角形を形成するアルタイルとベガとデネブはいつも一緒《いっしょ》で、どんな時もセットに見えた。

でも、そうじゃない。

アルタイルとベガだけは、違《ちが》う側面を持っている。

アルタイルのもう一つの呼び名は彦星《ひこぼし》。

ベガは織姫《おりひめ》。

その二つの星には夏の大三角とは違《ちが》うもう一つの、彦星《ひこぼし》と織姫《おりひめ》だけの〝七夕伝説《こいものがたり》〟があった。

兄さんは姉さんにとっての彦星《ひこぼし》。

姉さんは兄さんにとっての織姫《おりひめ》。

じゃあ、わたしは？

きっと彦星《ひこぼし》と織姫《おりひめ》を繋《つな》ぐカササギの尾《お》で輝《かがや》くだけの、デネブだ。

一つ断っておく。

わたしは決して仲間外れが嫌《いや》で、それだけで傷ついたんじゃない。

そんな可愛《かわい》い感情なら、どれだけよかっただろう。わたしが嫌《いや》だったのは、兄さんにとっての織姫《おりひめ》がわたしじゃなかったということだった。

兄さんという星に、わたしの指《おもい》が届かないことに気づいたから。

その日、わたしはようやく自分の中にあった気持ちに名前をつけた。

初恋《はつこい》だった。

そして、生まれたばかりの感情は産声《うぶごえ》をあげてすぐに殺された。

失恋《しつれん》だった。

この日の夜、お祭りから帰ってきた兄さんはなんの前触《まえぶ》れもなく長い長い眠《ねむ》りにつき、同時にわたしは後悔《こうかい》という感情について同じだけの日々を数え続けていくことになる。

七年という時間が流れ、兄さんが目覚めるその時まで。

第一話　兄さんが好きなの、と彼女は言った。

☆

　昼休みになり人のいない天文部のソファに寝転《ねころ》がって天体写真の整理をしていると、廊下《ろうか》の方から慌《あわ》ただしい足音がドタドタと存在感を増しながら近づいてきた。そいつはそのまま駆《か》け抜《ぬ》けていくことなく扉《とびら》の前で止まるなり、ガラリなんてさっきまでとは違《ちが》う音を響《ひび》かせ、廊下《ろうか》と部室の空間を無理やり繋《つな》げてしまう。

　光が薄暗《うすぐら》い箱庭《へや》の中へ我先にと満ちていく。

　長方形に切り取られた眩《まぶ》しさの中に、見知った面影《おもかげ》を残した見慣れない美しい少女の顔。

「兄さん、こんなところにいた。なにしてたの？」

　隣《となり》の家に住む幼馴染《おさななじみ》姉妹《しまい》の、妹の方である希空《のあ》だ。

「部活動」

「昼休みに？」

「他にやることがねぇんだよ」

「せめて上半身くらい起こしたら？　制服に皺《しわ》がついても知らないかんね」

　視線を希空《のあ》から外し、再び手元の写真へ。

何代か前の部員は揃《そろ》ってズボラだったのか、あるいは不真面目だったのか、現像したままではいいもののちっとも整理されていない天体写真が、先日棚《たな》の中からごっそり発掘《はっくつ》された。

そんなわけで、希空《のあ》に宣言したように暇《ひま》を持て余していた、現状、唯一《ゆいいつ》の天文部員である俺は、同じく適当に記された活動記録なんかを参照しながら、先輩《せんぱい》なのか後輩《こうはい》なのか、未《いま》だ自分の中であやふやな彼らの足跡《あしあと》を辿《たど》ることにしたのだった。

現在《いま》から過去《むかし》へ。

地層のように積もり積もった思い出の欠片《かけら》たちは、しばらくの間、付き合いのいい友人のように俺の時間潰《つぶ》しに同行してくれそうだ。

「こっちはもう整理が終わった奴《やつ》？」

ドアを閉じて棚《たな》を眺《なが》めていた希空《のあ》が、最も褪《あ》せた背表紙のスクラップブックを取り出す。

「いや、そっちのだけは元から整理されてた」

「いつの？」

「……七年くらい前。俺と千悍がこの部活を立ち上げた頃《ころ》だな」

「ほ～ん。そっか、そっか」

許可も取らずに、希空《のあ》がペラペラと捲《めく》っていく。

姉である千悍《ちせ》とは違《ちが》い、あまり天体に興味を持っていないこいつが見ても面白《おもしろ》いものなんてないと思うが。という俺の考えとは裏腹に、割と熱心にスクラップブックを見ていた希空《のあ》の指がやがてぴたりと止まった。

最初から、なにかを探していたのかもしれない。

「やっぱりあった。絶対に残してると思ったんだよね。うっわ。この頃《ころ》の姉さん、改めて見るとわたしに似すぎじゃない？　双子《ふたご》みたい。このまま並んだら、見分けつかないかも」

「姉妹《しまい》だから当然だろ。同い年になったら、ある程度似てきてもおかしくない」

「一方、兄さんはな〜んにも変わってないと」

「俺の場合は理由があるから仕方ないんだよ」

希空《のあ》の手元を覗《のぞ》き込まなくても、どんな写真を見ているのかは分かっている。そこには七年前に撮《と》った俺と千惺《ちせ》の姿があるんだ。

千惺《ちせ》は嬉《うれ》しそうにピースをしていて、一方の俺は恥《は》ずかしげにそっぽを向いて。まだ記憶《きおく》に新しい。

彼女たちにとっての七年前は、俺にとっては数ヶ月前のことだから。

「七年、眠《ねむ》ってたわけだし」

「そうだね」

スクラップブックが閉じる音がしたかと思うと、希空《のあ》が近くまできていた。

立っている彼女の輪郭《りんかく》を綺麗《きれい》に縁取《ふちど》った黒い影《かげ》が、俺の顔にかかり覆《おお》い尽《つ》くす。

「兄さん、手を貸して？」

こてん、と希空《のあ》が首を傾《かし》げる。

「重いものでも運ぶのか？」

「いやいや、そうじゃなくて。そのまんまの意味なんだけど」

「分からん。結局、俺はなにをすればいいんだ？」

「えっと。では、手をですね。パーにしてください」

言われるがままに古い天体写真を机に放り、俺は右手を開いた。

「これでいいのか？」

「うん。じゃあ、失礼して」

なにがしたいのか、希空《のあ》が開いた俺の手のひらに自分の手のひらをそろそろと重ねてきた。

ぴったりと合わせるように動いているが、そもそも二つの手は造りも大きさも全然違《ちが》う。

希空《のあ》の指は、女性らしく細くて綺麗《きれい》で小さかった。

「兄さんの手、大きい」

「希空《のあ》の手は小さいな」

「だけど、あの頃よりは大きくなったでしょう」

「そうだな」

かつては俺の第一関節にすら届かなかった指の先が、今は末節の半分くらいまで届いている。

整理されていない天体写真と同じだけの時間が、希空《のあ》の中にも降り積もっている証左だった。

えへへへ、と嬉《うれ》しそうにしている希空《のあ》の顔は、本当に七年前の千惺《ちせ》に似ていた。

あいつもよくこんな風に、俺の隣《となり》で笑っていたっけ。

「兄さんは知ってるかな？　女の子が付き合う男の子を選ぶ時の基準にね、手を合わせられるかどうかっていうのがあるんだって。絶対に無理って人とは、手を合わせられないらしいよ。逆に手を繋《つな》げるなら、キスだってできる。で、こうして強く手を繋《つな》ぎたいって思ったら、それはもう恋《こい》なんだってさ」

「なにが言いたいんだ？」

「にっぶいな～。あるいはわざと惚《とぼ》けてる？」

「あん？」

「わたし、兄さんが好きなの」

「……は？」

「だからね、兄さん。あなたが好きです」

いきなりの不意打ちに思考が固まる。

反射的に体を離《はな》そうと試みるが、叶《かな》わなかった。仕掛《しか》けてきた希空《のあ》の方が一枚上手で、合わせていた手をぎゅっと摑《つか》まれてしまったのだ。

さっきまでただ重なっていただけの指が、するりと俺の指と指の間に滑《すべ》り込んでいた。

「駄《だ》～目《め》。絶対に逃《に》がさないから」

「あ、あぁー。ええっと、よく聞こえなかったなぁ。なんて」

「七年も眠《ねむ》っていた兄さんは知らないだろうけど、その誤魔化《ごまか》し方は時代遅《じだいおく》れだよ」

「そういうんじゃねえから」

途端《とたん》、希空《のあ》が目を細くして、ずいっと顔を寄せてくる。

俺がソファに寝転《ねころ》がっているせいで、端《はた》から見れば馬乗りされてるみたいに見えるかもしれない。部室の中には他に誰《だれ》もいなくてよかった。

こんな姿を見られたら、言い訳の一つもできないしさ。

ただ、希空《のあ》はそんなことはちっとも気にしていないらしく、声が空気を押しのけ俺の前髪《まえがみ》を揺《ゆ》らすような近距離《きんきょり》で、

「あくまで聞こえなかったって言い張るんだ?」

ぶうと唇《くちびる》を尖《とが》らせている。

逃《に》がさないと言った言葉にも嘘《うそ》はないんだろう。

その大きな瞳《ひとみ》は逸《そ》らされることなく、映る世界のほぼ全てを俺だけが占《し》めていた。

「言い張るもなにも、本当に聞こえなかったんだって」

「もう一回、言おうか?」

「どうだろうな。今日は耳の調子が悪いから」

「何回言っても聞こえないって?」

「そうそう」

そっか、と今度の希空《のあ》はにっこり笑っていた。機嫌《きげん》がいい時の明るい笑《え》みじゃなくて、最高に機嫌《きげん》が悪くなった時の、研《と》ぎ澄《す》まされた刃《やいば》のように冷たい笑《え》みだった。

背筋がちょっと、ゾクリと冷えた。

「そっか、そっか。そうですか。耳の調子のせいか。それなら、仕方がないね。じゃあ、兄さんはこのままちょっと待ってて。わたし、いってくるから」

「どこにだよ？」

「放送室」

さらり、と希空《のあ》が告げる。

「さっき兄さんに言ったことを、全校放送してくるね」

「本気で言ってんのか？」

「もち」

「待て待て待て」

それでさえ俺は今、七年ぶりの学校で肩身《かたみ》が狭《せま》いっていうのにそんなことになったら――。

考えるだけでぞっとした。

焦《あせ》る俺を、楽しそうに希空《のあ》が見ていた。

「あれぇ？　わたしがなにを言ったのか、兄さんは分からないんじゃないのかな？　だったら、いいでしょ？　構わないよね？」

ここまで徹底抗戦《てっていこうせん》されると、もはや白旗代わりのため息を吐《は》くしかない。

季節は春で、息が白く染まることはないけれど。

「俺の負けだ。悪い。ちゃんと聞こえてた」

「ふふん。よろしい。じゃあ、改めて言うから今度は逃《に》げずに受け止めてね。わたしは兄さんのことが世界で一番好きです。わたしと付き合ってくれませんか？　今のわたしなら、兄さんにぴったりだと思うの。どうかな？」

そりゃ、そうだろうよ。

俺が知らない七年で、希空《のあ》は美しく成長していた。

でも、それでもだ。

「ごめんな、希空《のあ》。俺はお前のことをそんな風に見れない。俺にとって、お前は妹みたいなもんだから。兄貴ってのは、妹をそういう目では見ないんだ」

「わたしは兄さんの本当の妹じゃないけど」

「俺は本当の妹以上に大切に想《おも》ってる」

「どうしても駄目《だめ》？」

「ああ」

「わたしのお願いでも？」

「無理だ」

千惺と希空のお願いなら大抵努力して叶えてきた俺だったけど、これだけは叶えてやること

ができない。

「分かった。まあ、そう言われると思ってたし」

「気持ちは嬉しかったよ。ありがとうな」

修羅場は切り抜けたとばかりに内心ガッツポーズをしつつ礼を言うと、希空が、うん？　て

な感じでどうしてか首を傾げていた。

その反応に、俺も同じように、うん？　と首を傾げてしまう。

「なんで、めでたしめでたし、みたいな空気を出してるわけ？」

「なんでって？　え？　俺は今、ちゃんと返事したよな」

「振られたねぇ。七年の片思いが木っ端微塵」

「すまん」

「でも、諦める気はちっともないから」

「……ん？　え？　んん？　はぁ？」

なにを言ってるんだ、こいつは。

「最初からそう言われるだろうってことは分かってたから、長期戦は想定済みですよ。はい。

わたしの初恋はね。今、ようやくロッシュ限界を越えただけなの。そのあとはどうなるか、天

文部の兄さんなら知ってるでしょ」

ロッシュ限界っていうのは、大きい星に小さい星が近づける限界距離《きょり》のことだ。

立ち入りが許されていないそのボーダーを無謀《むぼう》にも越《こ》えた小さな星は、潮汐《ちょうせき》力で粉々に砕《くだ》けてしまうと言われている。

今の、希空《のあ》の気持《こくはく》ちみたいに。

けれど、粉々に砕《くだ》かれた星の欠片《かけら》たちは、それで全てが消えてしまうわけじゃない。

主星のリングとなって、そのまま一緒《いっしょ》に宇宙を漂《ただよ》うんだ。

どこまでも、いつまでも。

「お前なぁ」

本当の意味では決して砕《くだ》くことのできないその強さに呆《あき》れてしまう。

どうやら驚《おどろ》くほど強《したた》かで魅力《みりょく》的な女性へ、俺の妹分は成長してしまったらしい。

「そんなわけで、これからもよろしくね。ぐいぐいいくから覚悟《かくご》してて」

ようやく手が放《はな》されて、自由になった。顔にかかっていた少女の影《かげ》がすっと引き、希空《のあ》の気配がそのまま遠くなり、扉《とびら》が開いて閉じる音が響《ひび》いて消える。

なのに、手の中にはまだ希空《のあ》の存在がはっきり残っていて。

温《ぬく》もりも感触《かんしょく》も、十歳の子供のものじゃない。

どころか、これから更《さら》に彼女は美しくなっていくんだろう。

そんな女性から愛を囁《ささや》かれ続ける日々に耐《た》えないといけないなんてな。

「……かなりの難題だぞ、これ」

と、閉じたばかりの扉《とびら》がいきなり開かれて、ひょこっと希空《のあ》が再び顔を覗《のぞ》かせた。

ビクッと思わず体が跳《は》ねる。

「あん？　まだなにかあるのか？」

「そんなビビんなくてもいいじゃん。普通《ふつう》に傷つくんだけど」

ジト、と目を細くして睨《にら》んでくる希空《のあ》。

仕方ないだろ、反射だったんだから。

「すまん」

「いいよ、許したげる。代わりに、今日の放課後は一緒《いっしょ》に帰ろ。お父さんから買い出し頼《たの》まれてるの。荷物持ちしてね」

「へいへい」

「やった。デートだ」

「おい、デートじゃない」

「駄目《だめ》で～す。わたしがデートだと思ったらデートなの」

それ以上は反論さえ許してもらえず、希空《のあ》はとっとと扉《とびら》を閉じてしまった。

俺だけが一人、部室の中に残された。

☆　☆　☆

扉《とびら》を閉じて、体を横にスライドさせる。

本当はもう少し離《はな》れたいんだけど、流石《さすが》に今すぐは無理だ。無理。無理。ほんと、無理。足、ガクガクだし。わあああぁぁぁぁぁ。ついについに、言っちゃった。言ったんだ。兄さんに好きだって。……わ、わぅ。心臓がすごく痛いんだけど。こんなに強く鳴ってたの？

顔もめっちゃ熱くなってるしさ。

絶対に赤いよねぇ、これ。

窓に映る自分の顔は、見たこともない表情をしていた。

こんな顔で、兄さんに迫《せま》ったの？　わたしが？　ものすごく必死だっ。いや、真剣《ガチ》で本気《マジ》で、混じりっけのない純度百《ピュアピュアな》パーセントの告白だったわけなんだけど。わけなんだけどさっ。

に、兄さん、引いてたりとかはしてなかったよね？

ちらっと扉《とびら》の方を見てみるけれど、さすがにもう一回突入《とつにゅう》は駄目《だめ》だ。

ちらっちらっと、それでも見てしまう。ちらっ、ちらっ。ええい。駄目《だめ》だってば、希空《のあ》。ついさっき、余韻《よいん》に耐《た》えられんくなっておかわりの突入《とつにゅう》をしたばっかでしょ。

ずっと余裕《よゆう》のあるふりをしてたけど、内心、バクバクだった。

でも、だってしょうがなくない？

初恋《はつこい》なんだもん。

初告白なんだもん。

七年の片思いだったんだから。

ひんやりした壁《かべ》に背中を預けて必死に頭を冷やしていると、どこでスタンバっていたのか親友の遙海《はるか》が、よおってな感じで手を上げながらこっちにやってきた。

「なーに一人で面白百面相してんの？」

「お、面白っ?!　って、ひどい」

「結弦《ゆづる》にいやんに告白してきたんでしょ？　おっ疲《つか》れ様」

なにも言ってなかったのに、にひひひと白い歯を剝《む》き出《だ》しにして笑っている。

「あははは、頑張《がんば》ったよ。振《ふ》られちゃったけどね」

わたしも、同じように笑ってみる。

ちゃんと笑えてるかな、どうかな。

「ほっほー。天下の希空《のあ》さんもついに初黒星っすか、そうですか」

「なにそれ？」

「ただの事実じゃん」

いこっか、と遙海《はるか》が手を引っ張ってくれると、不思議と自然に歩き出すことができた。

遙海《はるか》の手、わたしと同じくらい小さいな。

久しぶりの兄さんの手は、やっぱりわたしのより大きくて、変わらず温かかった。

思い出すだけで、心臓がまた鼓動《こどう》の強さを取《と》り戻《もど》す。

「希空《のあ》ー、希空《のあ》ちゃーん？　おーい。……むう。こるぁあああ。いい加減、反応返せっ」

「わ、わぅ。急にどしたし？」

「急じゃねーし。どしたし、でもないし。こっちのセリフだかんね、それ。いきなりぼーっとしちゃってさ。あんさ、希空《のあ》ちゃんてば今さぁ、エッチなこと考えてたっしょ？」

遙海《はるか》の瞳《ひとみ》が、キラリと悪戯《いたずら》に輝《かがや》いた。

「は、はあぁあぁぁ？　違《ちが》うよ。そんなことないってば」

「どーだかね。で、これからどーするん？」

窓の外には、のどかな昼休みの光景が広がっていた。

男の子が制服姿のまま平気でサッカーとかしてたり、吹奏楽部《すいそうがく》が熱心に練習していたり。

天気がいいから、外でお昼を食べている子たちもいた。

それを見てると、鼻の奥が急にツンとなった。

あ、駄目《だめ》だ。

なんか、なんかさ。一気にきたみたい。

「とりあえず、ご飯食べる。お腹《なか》空いた」

「いや、そういうことじゃなくてだね」

「だって、まだお昼ご飯食べてないもん」

「てか、さっきからなーんで声が震《ふる》えて――」

遙海《はるか》がわたしの方へ振《ふ》り向《む》く。

優《やさ》しさですぐに顔を背《そむ》けてくれる。

あんがと。

わたしと同じくらいの彼女の背中が、今更《いまさら》熱を持った瞳《ひとみ》の中でゆらゆらと揺《ゆ》れ出している。

なんでもない日常が、兄さんに振られた《失恋《しつれん》》という現実を強くわたしに突《つ》きつけていた。

「振《ふ》られることは分かってたの。それでいいって思ってたし。まずは意識してもらうところから始めなきゃだったし。兄さん、まだわたしのことを十歳の子供としか見てなかったから」

「うん」

「確かめたいこともあったしね」

「うん」

「でも、告白を始めたら全部ぶっ飛んじゃって。もしかしたら、チャンスないかな、とか思ったりもして。もしかしたら、このままＯＫもらえるんじゃないかとか、き、期待して」

「うん」

「やっぱり駄目《だめ》だったんだけど」

「希空《のあ》はずーっと好きだったもんね。結弦《ゆづる》にいやんが眠《ねむ》っている間も、ずっとずっとさ。なっがいよねー、七年でしょ。〝うらしまシンドローム〟だっけ？」

遙海《はるか》の問いに、こくりと頷《うなず》いた。

うらしまシンドロームと誰《だれ》が最初に言い出したのかを、わたしは知らない。

本当はもっと小難しい学術名がついているらしいその現象は、お父さんお母さん世代が赤ちゃんの頃《ころ》から少しずつ世界中に広がり始めたと聞いている。まあ、広がっているといっても統計をとるに数百万人とかに一人が罹《かか》るとされている奇病《きびょう》で、普通《ふつう》に生活している分にはあまり耳に入る機会はないのだけど。ただ、純愛映画のテーマなんかに度々《たびたび》使われることもあって、わたしを含《ふく》め多くの人が名前と大まかな症状《しょうじょう》くらいは認知《にんち》しているのだった。

そんなうらしまシンドロームにおける最大の特徴《とくちょう》は、罹患《りかん》してしまうと長期間の睡眠《すいみん》に入ってしまい、その間、皮膚《ひふ》から生じる特殊《とくしゅ》な膜《まく》で体が覆《おお》われ成長が止まってしまうということだ。

イメージとしては、SF作品なんかで見るコールドスリープに近いかもしれない。

早い人で二年、遅《おそ》ければ十年くらい眠《ねむ》ることになるらしい。

兄さんは約七年で目覚めたから、遅《おそ》い部類に入るそう。

あの、二人がキスをしていた星逢《ほしあい》祭りの夜に、兄さんは突如《とつじょ》、うらしまシンドロームに罹患《りかん》した。そして七年もの月日が過ぎゆく中で兄さんの時だけが止まり、わたしは決して追いつくはずのなかった彼の背中に追いついてしまったというわけである。

七年前、兄さんの隣《となり》にいた姉さんと同じ制服を着て、今はわたしが彼の隣《となり》にいる。

「そんだけ長い片思いの果てに振《ふ》られたら、そりゃ痛いよ。悲しくもなるんじゃない？　あたしは恋愛方面《そのへん》、ちょっと疎《うと》いからよくは知らんですけど」

うん、と濡《ぬ》れた瞳《ひとみ》を二《に》の腕《うで》で拭《ぬぐ》う。

未《いま》だ強い熱を孕《はら》んだ感情《なみだ》が、制服の白を黒へ染めていく。

「それでも、あの千《ち》惺《せ》ねえやんと張り合うなんてよくやるわとは思うけどねん」

「別に、全く勝ち目がなさそうってわけじゃないし」

「そうなん？」

今、振《ふ》られたばっかなのに？　と遙海《はるか》の瞳《ひとみ》が語っていた。

わたしは鼻をすんと鳴らして、「そうなの」と強がるように答えた。

「ほーん。で、その勝ちの目ってなにさ？」

「それはね——」

☆

希空《のあ》の足音が段々と小さくなっていく。

その音が遠くへ消えてしまうのをしっかり聞き届けて、俺はソファから立ち上がった。

視線の先に、五月の風に揺《ゆ》れるカーテンがあった。

大して遮光性《しゃこう》に優《すぐ》れているわけじゃないが、それでも外と内を視覚的に遮断《しゃだん》するくらいはできる。故《ゆえ》に、部室の中で行われていた俺たちのあれこれを外にいた奴《やつ》は視認《しにん》できないし、中にいた希空《のあ》には外にいた彼女の姿が見えていなかったはずだ。

カーテンが微《かす》かに膨《ふく》らむと、春の匂《にお》いと夏の温度を秘めた季節の狭間《はざま》にいる風が頬《ほお》を撫《な》でた。

一歩、二歩、三歩。

少しずつ近づいていったつもりなのに、あっという間に窓辺まで辿《たど》り着《つ》く。

日の光を受けて熱を孕《はら》んでいたカーテンを摑《つか》み開くと、その先には貴重な昼休みに太陽の黒点観察なんてものに励《はげ》んでいる天河《あまかわ》という苗字《みょうじ》の教師の姿があった。

一応、我が天文部の顧問《こもん》だ。

よう、と声をかけると彼女はこちらを振《ふ》り向《む》いた。

「聞いてただろ」

尋《たず》ねたところ、一度言葉に詰《つ》まる様子を見せたもののすぐににんまり笑って返される。

「違《ちが》いますよ」

怒《おこ》っている様子はなく、焦《あせ》っている声色《こわいろ》でもない。

なにも読めないフラットな笑顔《えがお》。

「聞こえてきたんです。だから私は悪くないです」

「そうかなぁ？」

「ふふっ。そうなんですよ、東雲《しののめ》くん。いえ」

――ユヅくん。


やっぱ、七年は長いよなぁ。

前はなんでも聞けたし、知らないことなんてなにもなかったのにさ。

今は知らないことだらけだ。

彼女がどうして高校の先生なんてもんをやっているのかすら、俺は知らない。

天河千惺《あまかわちせ》。

それは俺の幼馴染《おさななじみ》で、天河希空《あまかわのあ》の姉で、今は俺たちのクラスの副担で、地学担当で、天文部の顧問《こもん》もしてもらっている七つ年上の教師の名前。

七年という広大な時間《あまのがわ》が、かつて誰《だれ》より近くにいたはずの俺たち二人を遠く隔《へだ》てていた。

☆　☆

「だからね、兄さん。あなたが好きです」

背後の部屋でいきなり始まった告白劇にびっくりして思わずぼうっとしていると、頭の少し上のところにあった窓がガラリと音を立てて開き、そこからまだいくらかの幼さを残した男子高校生が顔を出しました。

七年という長い時の中に一人取り残されてしまった、幼馴染《おさななじみ》のユヅくん。

気が遠くなるほど流れた多くの季節が今、私と彼の間を天の川みたいに隔《へだ》てています。

「よう、聞いてただろ」

「違《ちが》いますよ、聞こえてきたんです。だから私は悪くないです」

最初に彼がこうして高校《となり》に帰ってきてくれたことに嬉《うれ》しくなって、次に彼の変わらない姿に胸の真ん中が切なさで痛みます。

と、私と彼を隔《へだ》てている厚い壁《かべ》に一匹の蝶《ちょう》が留まりました。

どこにでもいるアゲハ蝶《ちょう》です。

アゲハの持つ意味は、幸運。

ひらひらと羽を上下させています。

じっとじっと見てしまいます。

〝雷《かみなり》に打たれたみたい〟とか、〝探していたパズルのラストピースを見つけた〟、〝胸が火傷《やけど》しそうなほど熱い〟、〝一緒に見上げた月を綺麗だと思う《月が綺麗ですね》〟だとか、この世界には数多《あまた》の先人《しじん》が残した美しい恋《こい》の比喩《ひゆ》がありますが、その中でも特に好きな言葉があります。

——お腹の中に蝶がいる《avoir des papillons dans le ventre》。

英語では〝緊張する《きんちょう》〟とも表現されるそのフレーズは、欧州《おうしゅう》の方では恋《こい》による胸の高鳴りを表現しているらしいのです。

もう十数年以上も前、その言葉を初めて聞いた私は自分の中に蝶《ちょう》の羽ばたきを感じました。なんてぴったりな表現なんでしょう。

ほうっと喜びと興奮で思考停止してしまうと、隣《となり》にいたユヅくんが顔を覗《のぞ》き込んできましたっけ。大丈夫《だいじょうぶ》か、なんて当たり前に手を私の額に当てたりなんかして。ひうっと驚《おどろ》きに耐《た》えきれなくて思わず距離《きょり》を取ると、「変な奴《やつ》だな」と嫌《いや》な顔一つせず笑っていました。

ああ、好き。

この人のことが大好き。

彼が浮《う》かべる無邪気《むじゃき》な笑顔《えがお》に、やっぱり私の愛《いと》しい蝶《こころ》が羽を動かしています。

その瞬間《しゅんかん》を迎《むか》える前と後とでは、世界の見え方が変わってしまったようでした。

あの時、私は人生で一度きりの〝恋《こい》〟に出会ったのです。

それから、ずっと。

中学生になって高校生になっても、私の気持ちは変わっていませんでした。

――お腹《あなた》の中に蝶《が》がいる《好きです》。

だから、七年前のあの星逢祭《ほしあい》りで私はユヅくんに告白したんです。

もう、どうしたって幼馴染《おさななじみ》という関係だけでは我慢《がまん》できませんでしたから。

彼の一番になって、ずっとずっと隣《となり》にいたかったから。

けれど、神様は意地悪でした。

願った通り彼の一番《こいびと》にしてもらい、その証《あかし》でもあるお揃《そろ》いのミサンガを手にして、念願だったファーストキスを交《か》わし、『次の星逢祭《ほしあい》りもまた二人で一緒《いっしょ》にいこうね』と約束までした素《す》敵《てき》で完璧《かんぺき》な夜だったのに、それを一晩で全て台無しにするんですから。

あれから七年、彼は成長することなく最近まで眠《ねむ》り続けていました。

その間、私は彼と二人で通っていた高校を一人で先に卒業し、大学も卒業し、そして社会人になってしまいました。

今の私は先生で、彼は私の生徒。

ねえ、ユヅくん。

それでもあなたの中にいた蝶《ちょう》は、まだそこにいますか？

胸の真ん中に咲《さ》く花の上にいますか？

私の蝶《ちょう》はまだ、ここにいますよ。

七年の間、ううん、それより長い時間ずっとずっと飛び立つことはありませんでした。

あなたを今でも愛しています。

☆

それでどうするんですか、と壁《かべ》に留まっているアゲハをじっと見ていた千惺《ちせ》が呟《つぶや》いた。アゲハは、羽をパタパタと動かすばかりでちっとも飛び立ちそうな気配がない。

「どうって、なにがだよ？」

「希空《のあ》ちゃんに告白されてたじゃないですか。その返事です」

「聞いてたんじゃなかったのか？」

「いえ、さすがに答えまで盗《ぬす》み聞《ぎ》きするのは悪いので、途中《とちゅう》からは耳を塞《ふさ》いでました」

「律儀《りちぎ》だな。ちゃんと断ったよ」

なぜか、「うふふふ」と楽しげに笑い出す千惺《ちせ》。

「それはそれは、もったいないことをしましたね。希空《のあ》ちゃん、とっても美人さんなのに」

「顔のよく似たお前が言うか？」

「でも、本当のことでしょう？　ユヅくんは、私たちみたいな顔がタイプじゃないですか」

「……うるせえよ。そういう千惺《ちせ》はどうなんだ？　これまでたくさん告白されてきたんじゃないのか？　中には、その。いい男もいたり、とか」

ああ、ついに聞いてしまった。七年ぶりに目覚めてから今日まで、気になって仕方がなかったくせに真実を知るのが怖《こわ》くて決して口にできなかったことだ。

千惺《ちせ》の手首には俺の知らない織姫《おりひめ》のミサンガがあった。

それなりの年月が経《た》っているらしく、所々解《ほつ》れ、もう少しで切れそうだった。

俺以外の誰かと星逢《ほしあい》祭りに参加したのか、なんて嫉妬《しっと》する権利が今もまだあるんだろうか。

知りたいと思う。知りたくないと、同じくらい強く思う。

「実は『千惺《ちせ》のことが好きだ』って真剣《しんけん》な目で告白してくれた男の子が一人だけいました」

「……そいつのことが好きなのか」

「はい。私も世界で一番大好きなんです」

千惺《ちせ》は、大切そうに織姫《おりひめ》のミサンガに触《ふ》れながらそんなことを言った。

どこからか、ひどい痛みを伴《ともな》って胸が軋《きし》む音がした。

それは、壁《かべ》に留まっていた蝶《ちょう》が不意に春の空へ飛んでいく音によく似ていた。

遠く、離《はな》れていく。

アゲハが持つ意味は幸運。

あるいは、変化。

☆　☆

ユヅくんが希空《のあ》ちゃんの告白を断ってくれたのは、きっと〝まだ私のことが好き《と付き合っている》〟という気持ちがそこにあるからでしょう。

でなければ、あのユヅくんが希空《のあ》ちゃんのお願いを断るはずないもの。

だから、私は彼に告げました。

「実は『千惺《ちせ》のことが好きだ』って真剣《しんけん》な目で告白してくれた男の子が一人だけいました」

彼がくれた告白は、もうずっとずっと私の宝物。

その言葉があったから、私はこれまで彼を待ち続けることができたのです。

「……そいつのことが好きなのか」

「はい。私も世界で一番大好きなんです」

前回とは違《ちが》ってちょっとだけ遠回しな告白でしたけど、これできっと伝わるはずです。そうですよね？　彼が想いを交わしたあの夜のことを、い、い、忘れているわけが、な、い、い。私にとっては七年も前のことでも、ユヅくんにとってはまだほんの少し前の出来事なんですから。

なんだか恥《は》ずかしくて照れくさくて、私は彼の顔を直接見れません。

そのせいで、気づかなかったんです。

いいえ、気づけなかった。

ユヅくんが痛みに耐《た》えるように、歯を食いしばっていることも。

彼の動揺《どうよう》で、蝶《ちょう》が飛び立ってしまったことも。

歯車が間違《まちが》った方に嵌《はま》ってしまったことも。

この時は、まだなにも。

☆　☆　☆

遥海《はるか》と繋《つな》いでいる方とは逆の、つまりは空いている手をポケットに入れて、いつも持ち歩いている彦星《ひこぼし》のミサンガを一度だけきゅっと強く握《にぎ》ってみた。

本当は、わたしが持っているべきではないものだ。

あの夜に、兄さんが落としてわたしが拾った恋《こい》の欠片《かけら》。

さてここで、とっても重要な情報を開示しよう。

うらしまシンドロームには長期間の睡眠《すいみん》や成長の停止の他にも独特の症状《しょうじょう》が見られたりするのだけど、その一つが覚醒《かくせい》後の記憶《きおく》の欠如《けつじょ》だ。これにも覚醒《かくせい》までの期間と同じく個人差があるようで、家族のことまで忘れてしまう人もいる一方、兄さんみたいにものすごく局所的な記憶《きおく》の喪失《そうしつ》を経験する人もいるんだとか。

なにについての記憶《きおく》を失っているのかを、兄さんはまだ気づいていない。

姉さんも知らない。

卑怯《ひきょう》なわたしだけが気づき、知っている。

兄さんが〝七年前にあった星逢祭りの記憶《チャンス》〟を失っていること。

それこそが、わたしに残されたか細い蜘蛛の糸だった。

そしてその秘密に間違《まちが》いがないことが、さっきの兄さんへの告白で確定した。

もし、兄さんが姉さんと付き合っていることを覚えていたのなら、それを理由にわたしの告白を断るはずだから。

そういう融通《ゆうづう》が利《き》かなくて、律儀《りちぎ》で真面目で真摯《しんし》な人なんだ。

だから、好き。

そういうところも、好き。

「え、溜《た》めが長くない？　はよ、その勝ちの目とやらを教えてよ」

痺《しび》れを切らした遙海《はるか》が、隣《となり》で唇《くちびる》を尖《とが》らせている。

「う～ん、やっぱり内緒《ないしょ》」

「なんそれ⁉」

「ふふふっ。じゃあ、ヒントだけ。本当の勝負は、次の星逢《ほしあい》祭りかな」

さすがに星逢《ほしあい》祭りがきてしまったら、二人とも失われている記憶《きおく》に気づくだろうし。

「ヒントて。クイズじゃねーっつの。でも、星逢《ほしあい》祭りか。もうあと二ヶ月切ってんだよね」

廊下《ろうか》のそここに、催《もよお》しものに使用されるのであろう段ボールが積まれていた。

生徒会が主導して、星逢《ほしあい》祭りでのイベントを企画《きかく》しているんだとか。

あれらが段ボール以外のなにかに形を変える頃《ころ》、わたしたちの関係も変わっている、はず。

変わっていればいいな、と思う。

てか、変わっていて。

お願いだから。

「もしさ。もし、星逢祭《ほしあいまつ》りがきてあんたが望む結末にならなかったらどうする？」

「今度こそ、わたしの恋《こい》は完全に木《こ》っ端微塵《ぱみじん》になっちゃうかもね」

どゆこと？　と、首を傾《かし》げる遙海《はるか》に、「ううん。なんでもない」と首を振《ふ》って答えておく。

それで気持ちを汲《く》んでくれたのか、親友は空気を変えるように明るく笑った。

「ま、これ以上の後悔《こうかい》だけはしないように頑張《がんば》んな。応援《おうえん》くらいはしたげるから」

「え～、応援《おうえん》だけなの？」

「なーに不満そうに頬《ほお》を膨《ふく》らませてるわけ？　だったら、今日は帰りにハンバーガーでも奢《おご》ってあげよう。セットでポテトとジュースも頼《たの》んでいいよん。もち、Ｌサイズ」

「あ、放課後は無理」

即答《そくとう》すると、遙海《はるか》の形のいい眉《まゆ》が歪《ゆが》んだ。

「なんでさ？」

「今日は兄さんと帰る約束してるか、らぁ。わぅ、ちょっと」

言い終わる前に遙海《はるか》がお尻《しり》を蹴《け》ってきた。ちょっとちょっと。結構痛いんですけど？　腰《こし》の入っている、中々見事な回《まわ》し蹴《げ》りだったんだよね。

「くっそぉ。心配して損した」

「心配してくれたんだ、あんがと。今度、お礼にハンバーガーでもご馳走《ちそう》するよ」

「セットでポテトとジュースをつけるかんね」

「Lサイズでもドンとこいだ」

春の光で溢《あふ》れる廊下《ろうか》を、手を繋《つな》いだまま遥海《はるか》と歩いていく。

心優《やさ》しい大好きな親友に感謝しながら、それでもこの手が兄さんだったらよかったのに、なんて不意に思ってしまったわたしはどうしようもなく恋《こい》する女の子なんだろう。

伸《の》びる影《かげ》はもう、子供のものじゃない。

七年前の姉さんと同じくらい大きくなっていた。

☆

ようやくの放課後、メッセージアプリで希空《のあ》に呼び出されたのは学校のプールだった。

あいつが所属している水泳部のミーティングが終わるまで、一人で校舎をぶらつき時間を潰《つぶ》していた俺である。

面倒《めんどう》だし、本当は早々に帰宅してしまいたかったんだが、

『え～。約束したじゃん。一緒《いっしょ》に帰るって。約束破ったら泣くぞ。めっちゃ泣くぞ』

希空《のあ》が駄々《だだ》をこねるからそれもできず。

我ながら、妹分に甘すぎるな。

未《いま》だ水に浸《つ》かるには厳しい気温のこの季節《はる》において、水泳部の活動の大半は陸上部と似たよ

うなメニューで体力づくりに励《はげ》むことになると聞く。それとは別に、希空《のあ》なんかは近くにあるスイミングスクールの温水プールで週に四回ほど自主トレをさせてもらっているらしい。

というのに、なぜか学校のプールには綺麗《きれい》な水が張られていて、希空《のあ》の白く細い素足《すあし》の先がちょんちょんと水面に触《ふ》れると波紋《はもん》が生まれ、よーいドン、てな感じで一斉《いっせい》に広がっていった。

「なんで綺麗《きれい》な水が張られてんだよ」

土足のまま、コンクリのプールサイドを女子高生の背中めがけて歩いていく。

西日が希空《のあ》を正面から照らし、長く伸《の》びた彼女の影《かげ》が俺の靴《くつ》の先っぽにかかっている。

「ああ。春休みに水泳部総出で掃除《そうじ》したからね。ほら、新入生への部活動説明会で、シーズンオフの成れの果てみたいな汚《きたな》～いプールに連れてこられたら、入部する気がなくなるでしょ」

「経験談か？」

「あははは。そう。わたしと同級生の子たちが数人ほど、それで入部取りやめちゃったから」

ばしゃっと希空《のあ》が水を蹴《け》りあげると、宙で弾《はじ》けた丸い水の雫《しずく》が夕焼けの時間を内包してオレンジ色の雨を降らせた。パラパラ、パラパラ。音がする。その人工的な夕立が通《とお》り抜《ぬ》けていく短い時間を、俺も希空《のあ》も耳を澄《す》ませるようにして待っていた。

いろんなものが変わっていたけれど、変わっていないものも確かにあった。

グラウンドから聞こえてくるサッカー部や野球部の掛《か》け声《ごえ》とか。

ラッパの音は吹奏楽部《すいそうがく》だろう。

オレンジを孕《はら》んだ気持ちのいい音が風に乗り、遠く遠くへ渡《わた》っていく。

「ここ、いいっしょ？」

「綺麗《きれい》だと思う」

「そう言ってもらえてよかった。兄さんに見せたかったんだ。今のわたしの好きな場所《おきにいり》」

俺は膝《ひざ》を折り曲げ、なにやら機嫌《きげん》のいい希空《のあ》の隣《となり》に腰《こし》を下ろした。

西日が、痛いほど眩《まぶ》しかった。

「にしても、希空《のあ》が水泳部とはな。そういうイメージ、全くなかったけど」

「実は結構速いんだよ？」

「知ってる。インハイの自由形で全国三位なんだってな。すげーよ。そういえば関係者に〝星の町の人魚姫《ひめ》〟なんて呼ばれてるんだって？」

ふと思い出し尋《たず》ねてみたところ、「げっ」と心底嫌《いや》そうに希空《のあ》は端整《たんせい》な顔を歪《ゆが》めていた。

「な、ななな、なんで知ってんの？」

「おっさんが自慢《じまん》してたから」

「お父さんか〜。も〜、帰ったら叱《しか》っとこ」

「娘《むすめ》大好きだからな。あの人」

「わたし、そのあだ名で呼ばれるのってすごく嫌《いや》だから、兄さんは金輪際使わないでね」

「そうなのか？　ああ、千惺《ちせ》も嫌《いや》がってたな。あいつは〝千の星のかぐや姫《ひめ》〟だったけど」

「いや、普通《ふつう》に嫌《いや》でしょ。漫画じゃないんだから、実際にそんな風に呼ばれると鳥肌《とりはだ》もの。なにより一番嫌《いや》なのは『人魚姫《ひめ》』って作品のチョイスなんだけどさ」

なんでだよ、と首を傾《かし》げてしまう。

「泳ぐのが速いからそう呼ばれてんだろ？　いいことじゃないか」

「そうだけど。いや、そうじゃなくて。『人魚姫《ひめ》』って悲恋《ひれん》の話じゃない？　だから、嫌《いや》なの。姉さんも同じだったと思うよ？　『かぐや姫《ひめ》』も最後には帝《みかど》を残して月に帰っちゃうし」

「女って変なところにこだわるよな」

「まあ、そういうジンクスみたいなものは気にしちゃいますよ。だって、恋《こい》してるもん」

希空《のあ》が腕《うで》の中に顔を少し埋《う》め、試《ため》すように俺を見ている。上気した頰《ほお》。上目遣《うわめづか》い。微《かす》かに残った面影《おもかげ》と俺の知らない瞳《ひとみ》と感情と熱を持って、変わらないでいる俺を見ている。

「お前はまた、そういうさぁ」

「あははは。でも、宣言はしてあげたじゃん。これからはぐいぐいいくから覚悟《かくご》してって」

「もう少し抑《おさ》えてくれたりとかは……」

「無〜理。これ以上は待てません。あのね、兄さん。『人魚姫《ひめ》』の教訓は、恋《こい》は結局タイミングが全てってことなんだよ。海で溺《おぼ》れてた王子様を助けるなんて運命の出会いを果たした人魚姫《ひめ》ですら、たった一つの勘違《かんちが》いで簡単に失恋《しつれん》してしまうの。そんなの、わたしは絶対に嫌《いや》。失恋《れん》して、泡《あわ》になるなんて耐《た》えられない。だから、わたし、はそうはならないなら、逆かな。

王子様が勘違いしている内に、彼の心を奪《うば》う隣国《りんごく》のお姫様《ひめ》を目指すんだ」

それで、と希空《のあ》がそっと息を吹《ふ》き込んでオレンジの空気を震《ふる》わす。

「兄さんはどうするの？　『かぐや姫《ねえさん》』は遠い遠い月の都へいってしまったわけだけど」

「希空《のあ》は意地悪だ」

けれど、間違《まちが》ったことは言ってないんだよな。

そう。ずっと近くにいたはずの千惺《ちせ》は今、俺を置いて確かに遠い場所へいってしまった。

どれだけ手を伸《の》ばしても月には届かないように、俺はもう七年先をいく彼女に追いつけない。

「ふふふっ。弱ってる兄さんも可愛《かわい》くて好き」

「あのなぁ」

「わたしにしときなよ」

さっきまでとは全然違《ちが》う、真剣《しんけん》な音《こえ》。

希空《のあ》の視線が夕焼けの温度に溶《と》けて、柔《やわ》く熱く頬《ほお》を濡《ぬ》らす。

「兄さんは〝希空《わたし》〟か〝千惺《ねえさん》〟のどちらかしか、本気で愛せないでしょう？　もうわたしは十歳の子供じゃないよ？　あの頃《ころ》の姉さんに負けないくらい綺麗《きれい》になったでしょ？　勉強もスポーツも頑張《がんば》ってさ、兄さんの隣《となり》に立つのにふさわしい女の子になったんだよ。何度だって言う。兄さんと並んでいても兄妹《きょうだい》に間違《まちが》われることだってない。気にしてるのは、兄さんだけ」

少しだけ、時間が必要だった。

ただ、その時間が過ぎても俺の考えは言葉にならないままだった。

仕方ないなぁとばかりに、結局、先に動いたのは希空《のあ》の方。

タオルで水の滴《したた》る足を丁寧《ていねい》に拭《ふ》き、ローファーの隣《となり》に置いてあったソックスに手を伸《の》ばしている。と、なにかを思いついたようで、

「あ!!　兄さん、兄さん。このソックス、わたしに穿《は》かせてくれない？」

彼女の口元に浮《う》かんでいるのは、悪戯《いたずら》な笑《え》み。

「なに馬鹿なこと言ってんだ」

「ふふん。今、わたしの太ももをえっちぃ目で見たでしょ」

「……見てない」

「うっそだぁ。そういう嘘《うそ》は意味ないよ。女の子は視線に敏感《びんかん》だから。大抵《たいてい》、男の子がどこを見てるのか、ちゃんと分かってる」

「見てねーって」

「強情《ごうじょう》だなぁ。兄さんなら構わないのに。で、どうするの？　穿《は》かせてくれるわけ？」

「自分で穿《は》け」

「チャンスだよ？　スカートの奥の方とか故意に触《さわ》っても怒《おこ》らないし」

「からかってんだろ？」

にひひひ。もちろん、と希空《のあ》が速攻《そっこう》で頷《うなず》く。

やっぱりかよ。

「そういうことを気安く男に言うなって。勘違《かんちが》いされても知らないからな」

「兄さんにしか言わないし、兄さんへの想《おも》いは勘違《かんちが》いじゃないからいいの～。本当に覚悟《かくご》があるなら、わたしの体ならどこを触《さわ》ってもいいよ。許したげる。さっき、兄さんにわたしか姉さんしか愛せないでしょ、なんて言ったけど、わたしも同じだもん。兄さん以外の男は無理」

「お前、相当拗《こじ》らせてんな」

ぼそりと呟《つぶや》くと、ご機嫌《きげん》にソックスを穿《は》いていた希空《のあ》の動きがビクッと急停止した。そこから、ギギギと錆《さ》びついたロボットみたいにぎこちなく顔だけをこちらへ動かしてくる。

「え？　兄さんはわたしみたいな子、もしかして嫌《きら》い？」

「はあ？　俺がお前を嫌《きら》いになるわけないだろ。なに言ってんだ」

「だよね。あ～、よかった。びっくりしちゃった」

びっくりしたのはこっちの方だ。

急に、あんな泣きそうな顔するなんて。

その弱弱しい表情が十歳の頃《ころ》の希空《のあ》に重なって、妙《みょう》に胸が苦しくなった。

我が儘で泣き虫な妹分。

俺が守ってやらなきゃって思ってた。

他の誰《だれ》かならともかく、千惺《ちせ》と希空《のあ》だけにはそんな顔してほしくない。

でも、そんな顔にさせている原因は――。

「本当に俺のことが好きなんだな」

「も～、ちゃんと告白したじゃん。それに今更《いまさら》でしょ？　七年前だって知ってたくせにさ」

そりゃ、もちろん知ってはいたさ。

だけど、誰《だれ》もが子供の頃《ころ》に見つける〝初恋《はつこい》〟という花が秘《ひ》める花言葉はきっと〝憧《あこが》れ〟とか〝勘違《かんちが》い〟だろう。

本当の意味での恋《こい》じゃない。

だというのに、希空《のあ》の胸の中で芽吹《めぶ》いた感情《はな》は勘違《かんちが》いしたままスクスクと育ち、ついには正しい意味での大輪を咲《さ》かせていたようだった。

それを少しだけ嬉《うれ》しいなんて思ってしまってるんだから、どうしようもないな。俺は。

「……そろそろいくか。特売逃《のが》したら、おっさんに叱《しか》られちまう」

「やった。お待ちかねのデートのターンだ。手くらい繋《つな》いでね」

「嫌《いや》だね。無駄《むだ》に注目を集めちまうだろ」

「は～い、却下《きゃっか》します。姉さんとは学校帰りにたまに繋《つな》いでたじゃない。知ってるんだから。姉さんがよくてわたしが駄目《だめ》な理由を答えられたら諦《あきら》めてあげるけど？」

そう言われると言葉に詰《つ》まって、強く反対もできない。

スーパーに着くまでだからな、と言い張るのが精いっぱいだった。

☆　☆　☆

買い物を終えてお店から出た後、兄さんの隣《となり》で甘い匂《にお》いのする夕時の町を歩いていく。

周りにはわたしたちと同じように、家路を急ぐいろんな形の影《かげ》があった。

「最後の最後で、今日は忘れられないくらい素敵《すてき》な日になったなぁ」

そのたくさんある影《かげ》のうちの一つを見ながら、そっと呟《つぶや》いてみる。

ちゃんと兄さんに聞こえるようにだ、もちろん。

「どうしてだ？」

「夢が二つも叶《かな》っちゃったから。放課後デートと制服デート」

「デートだって言ってるのは、希空《のあ》だけだから」

「兄さんの意地悪」

なんてやり取りをするくせに、お店を出た後に再び繋《つな》いだ手は黙認《もくにん》してくれている。

だから、好き。

ものすごく好き。

えへへへ、とそれだけで顔がニヤけて鼻歌の一つでも歌いたくなっちゃうな。

「にしても、晩飯のメニューがメンチカツだとはなぁ」

「いいじゃん、美味《おい》しいし。わたし好きだよ」

「俺は材料を聞いて、おっさんの特製ロールキャベツが久々に食えるもんだと思ってたから」

「兄さんの好物だもんね。わたしから言ってあげようか？　お父さん、わたしのお願いなら聞いてくれると思うし」

「そこまでしなくていい」

「は〜い」

かつて姉さんと買い物してた時みたいに、兄さんは大きく膨《ふく》らんだエコバッグを持ってわたしと車道の間を歩いてくれていた。

わたしたちの足元から伸《の》びたそれぞれの影《かげ》が、今は一つになっている。

ああ、絶景かな。

これがいつも姉さんが見ていた景色なんだ、と少し感動してしまう。

幼《あ》い微熱のような感情《これ》を瞳《ひとみ》に宿して、十歳《こども》のわたしが見ていた先にあったもの。

☆

千惺《ちせ》と希空《のあ》という美人幼馴染姉妹《おさななじみしまい》の両親が住居の一部を使って経営している〝喫茶《きっさ》　アストライア〟は、地域の人から愛されている人気店だ。

今日もまた、店内はいっぱいの賑《にぎ》わいで溢《あふ》れている。

「ただいま〜」

表から窓を覗《のぞ》き込んで客がなじみの顔ぶれだけなのを確認《かくにん》した希空《のあ》が、慣れた手つきで入り口のドアを勢いよく開けた。ちなみに、頭上でチリンと鳴っている不格好な鈴《すず》は、希空《のあ》が小学校の課題で製作したものだったり。

娘《むすめ》ラブのおっさんが、五千円も出して買い取ったんだとか。

「おう、おかえり。可愛《かわい》い我が娘《むすめ》とおまけ一号よ」

「誰《だれ》がおまけか」

「ユヅ坊《ぼう》に決まってんだろ」

いつも通り、さっそくウザ絡みしてくる姉妹《おっさん》の父親を横目に、

「おかえりなさい、二人とも」

給仕《きゆうじ》中だった、これまた姉妹《しまい》の母である裕里《ゆうり》さんが笑顔《えがお》で迎《むか》えてくれる。それから常連である近所のおばさんたちやスーツ姿のおじさんまでもが、同じような言葉を各々《おのおの》口にしていた。

「ただいま、ただいま。あ、言われた通りに買い物してきたよ。兄さんが荷物、持ってる」

「悪いな、助かった。っと、おい、こら。ユヅ坊《ぼう》。てめぇは言葉が足りてねぇんじゃねぇのか？　なにをこそこそ入ってきてんだ。オレはそんな男に育てたつもりはねーぞ」

ここであんたに育てられたつもりはない、なんてことは口にできない。

ガキの頃《ころ》に親父《おやじ》を病気で亡《な》くし、母さんも看護師という昼夜問わず忙《いそが》しい職種に就《つ》いている俺は、こっちの家で千惺《ちせ》と一緒《いっしょ》に面倒《めんどう》を見てもらうことが多かったから。

おふくろの味と聞いて思い出すのは、いつもおっさん特製料理のこと。

おっさんと裕里《ゆうり》さんは、俺のもう一組の両親みたいな存在なんだ。

「いや、希空《のあ》ならともかく、俺がここで『ただいま』って言うのは流石《さすが》に恥《は》ずかしいだろ」

「あん？　そんなクソみてぇなプライドなんざ、丸めてゴミ箱に捨てちまえ。いいか？　ここはお前の家でもあるんだから、なにも恥《は》ずかしがらずに言えばいいんだよ。挨拶《あいさつ》はコミュニケーションの基本だぞ。ぜってー、ないがしろにすんな。分かったか」

「……うす」

「うす、じゃねぇ。まだ分かってねぇじゃねーか」

「ただいま」

それで満足したのか、おっさんはにかりと鳴るように笑った。

裕里《ゆうり》さんもやっぱり笑っていた。

もう二人ともそれなりの年なのに、三十代前半にしか見えない容姿が更《さら》に若く見える。

ついでに店にいた顔見知りの人たちもこぞって笑っていた。

希空《のあ》ももちろん、ニコニコしていた。

なんだか、思いっきり負けた気分だった。

「おう、おかえり。おらおら、荷物《しょくざい》を寄越《よこ》して着替《きが》えてこい。すぐにメンチカツを作るぞ」

「作るぞ、って俺もやるのか？」

「俺も、じゃねぇ。お前だけでやるんだよ。オレは指示するだけー」

「希空《のあ》は？　って、いねぇ」

尋《たず》ねた時には、危機感知能力の高い希空《のあ》はさっさと奥へ引っ込んでいて。

ちらりとこちらを振《ふ》り向《む》き、バチコーンとウインクを一つ。

愛嬌《あいきょう》たっぷりの投げキッスも続けて飛んできたが、それは払《はら》い落《お》としてやった。

くっそ。あいつ、逃《に》げやがった。

「バッカ。希空《のあ》の綺麗《きれい》な肌《はだ》に油が跳《は》ねたりしたらどうすんだ」

「俺はいいのかよっ」

「気にしねぇな」

「気にしろって。てか、勘弁《かんべん》してくれよ。さっさと課題やりたいんだ」

そこからは、ちょっとした口論になった。お前の課題が終わらずとも美味《おい》しい飯は食えるが、お前が料理をしないと可愛《かわい》い娘《むすめ》たちが飯を食えずに飢《う》えることくらい分かんだろ。いや、おっさんが作ればいいだけじゃねーか。オレ様は店で忙《いそが》しい。嘘《うそ》つけ。嘘《うそ》じゃねーし。

仲裁《ちゅうさい》に入ってきたのは、いつも通り裕里《ゆうり》さん。

「はいはい。お二人とも、そこまでにしましょうね。お店の中ですから。ごめんなさいね、結弦《ゆづる》さん。でも、よかったら真一《しんいち》さんに付き合ってあげてください」

この人、久しぶりに結弦《ゆづる》さんと二人で料理ができるのを朝から楽しみにしてましたから、なんてこっそり耳打ちされては強く反対もできない。

真一っていうのは、流れからも分かる通り、このおっさんの名前である。

娘《むすめ》を誘《さそ》って拒否《きよひ》されるのをやたらと恐《おそ》れるおっさんは、昔から代わりに俺に構うのだ。

料理はもちろん、野球やサッカーなんかのスポーツ、ゲーム、エロ本の手に入れ方から隠《かく》し場所《ばしよ》まで、本来なら父や兄や先輩《せんぱい》に習う男の流儀《りゆうぎ》を全部、俺はこのおっさんから学んできた。

そんなわけで、結局、俺はおっさんと二人で料理なんぞをすることになった。

娘《むすめ》だけじゃなく、その両親にまで弱い俺である。

特製メンチカツにはキャベツと玉ねぎがたっぷり入るので、まずはそれらをみじん切りに。

指示を出しながら、おっさんもなぜか隣《となり》で玉ねぎのみじん切りを始めていた。

俺も高校生にしてはそれなりに料理ができる方だと自負しているが、さすがにおっさんの腕《うで》には遠く及《およ》ばない。つまるところ、俺が調理を拒否《きよひ》した一番の理由は面倒《めんどう》でも課題がやりたかったわけでもなく、単純におっさんの作った料理を食いたかったからだ。

だって、そっちの方が絶対に美味《うま》いから。

「キャベツは二玉くらい残しておけよ」

「なんでだ？」

「返事はサーイエッサー以外認めてねぇぞ」

「相変わらず、理不尽《りふじん》だ」

「返事」

「ぐぬ。サーイエッサー」

よし、と満足そうにおっさんが頷《うなず》いた。

「ところで、てめぇ。学校で希空《のあ》になんか悪いことでもしたか？」

「悪いことってなにさ？」

思い当たる節はあったが、手を止めないまま尋《たず》ねる。

「分からねぇから聞いてんだろ。帰ってきた希空《のあ》の機嫌《きげん》が前より二割増しでよかった」

「よかったんならいいじゃないか。なんで悪いことに限定したんだよ？」

「ユヅ坊《ぼう》が目を覚ましてからこっち、希空《のあ》の機嫌《きげん》は悔《くや》しいことに三倍くらいよかったんだよぉ。それが、二割増しまで減少してたら心配になるだろーが。ほらほら、吐《は》いちまえ」

「で、それが俺の責任である理由は？」

「よくも悪くも、うちの天使《むすめ》たちに影響《えいきょう》を与《あた》えられる存在がお前以外にいないからだ」

みじん切りが終われば、次は肉ダネの準備だ。合いびき肉に、塩、こしょう、溶《と》き卵、そしてみじん切りしたキャベツと玉ねぎをボウルの中で粘《ねば》り気《け》が出るまでこねていく。

おっさんもまた、手本を見せるように肉ダネを作っていた。

ただし、そっちにはキャベツが入っていない。

肉ダネを丸めつつ、答えた。

「心配しなくていい。ちゃんと、かどうかは分かんねーけど解決したから」

それ以上詳《くわ》しくは、さすがにおっさんにも言えなかった。

「オレの人生の優先順位はもう決まってる。一番は裕里《ゆうり》だ。で、二番目に娘《むすめ》たち。三番手にその他諸々《たもろもろ》。知ってるよな？」

もちろん、知ってるさ。

おっさんがどれだけ、裕里《ゆうり》さんや千惺《ちせ》や希空《のあ》を大切にしているのかなんて。

「俺らがガキの頃《ころ》からずっと、耳にタコができるくらい聞いてきたからな」

「誇張《こちょう》じゃなく娘《むすめ》の為《ため》なら命も張れるし、たとえあいつらが悪かったとしても、世界中が敵に回っても、オレは二人の味方につく。だから、ユヅ坊《ぼう》。千惺《ちせ》と希空《のあ》を泣かせんじゃねーぞ」

「極力、努力はしてみる」

「かー、これだから最近のガキは軟弱《なんじゃく》で嫌《いや》なんだ。努力してみる、じゃなくて断定しろよ」

「うっせーよ。つか、さっきから横でなにしてんだ。おっさんまでメンチカツ作るんなら、俺が調理する必要なくないか？」

「ああん？　こっちはメンチカツじゃねーよ。ロ、ロ、ロールキャ、ベ、ツ、だ。ユヅ坊《ぼう》の好物はこっちだろ。おい、こら。手を止めんじゃねぇ」

ちょっとだけ、鼻の奥が急にツンと痛んだんだよ。仕方ないだろ。

「……う、うるさいなぁ。おっさん、うるさい」

「うるさいとはなんだ。ユヅ坊の分際で偉そうなこと言いやがって」

そうこうしているといきなり背後から、「うわ〜」という声がしてびっくりした。

「兄さんとお父さんの仲がよすぎて吐《は》きそう。なんだかんだ、二人が一番仲いいよね」

私服に着替《きが》えた希空《のあ》だった。

白いシャツに若干《じゃっかん》サイズの大きめな水色パーカー、黒のショートパンツという出で立《いた》ちは、完全に部屋でのくつろぎスタイル。

あるいは、ちょっとそこまで、という感じ。

「そ、そんなことねーよ」

「そーだぞ、父さんは希空《のあ》の方が」

「その必死っぽい反応がもう最高に気持ち悪い」

ズバンとクリティカルヒット判定の音がして、おっさんが崩《くず》れ落《お》ちた。む、娘《むすめ》に気持ち悪いって言われた、もう生きていけねぇ、厄日《やくび》だ、終末だ、今日はハルマゲドンだったのか、なんてぶつぶつ言いながら死んだ目で膝《ひざ》を抱《かか》えている。

俺にはあんなにも強気なのに、娘《むすめ》たち相手だとむちゃくちゃ弱い男なのであった。

「おい、おっさんが泣いてんぞ」

「いいの。兄さんに余計なことを教えた罰《ばつ》として反省してもらわないといけないし」

余計なことって。ああ、あれか。

『人魚姫《ひめ》』ってあだ名がどうこうっていう。

希空《のあ》は結構、根に持つからなぁ。

「ところで兄さん、ちょっと付き合ってくんないかな？　スクールに用事があるの」

ここでのスクールってのは、希空《のあ》が世話になってるスイミングスクールのことだろう。

ガキの頃《ころ》、俺や千惺《ちせ》も通ってた場所だ。

「今から泳ぐのか？」

「違《ちが》う違《ちが》う。練習メニューでコーチに相談したいことがあって。――夕ご飯の準備、もうほとんど終わってるんでしょ？」

言いつつ、希空《のあ》がステンレス製のシステムバットに並べられているメンチカツのタネを見た。

慧眼《けいがん》正しく、あとは衣《ころも》をつけて数分くらい油で揚《あ》げれば完成というところ。

一応、確認《かくにん》の為《ため》におっさんの方へ視線を向けると、いってこいとばかりに手をひらひらと振《ふ》っていた。いいのか？　そっちはほとんど完成してるしな、揚《あ》げたてを食わせてやりたいからどうせすぐには揚《あ》げねぇし。分かった。それより、闇《やみ》に紛《まぎ》れて希空《のあ》に近づいてくる悪い虫が湧《わ》かないようにしっかりガードしてこい。サーイエッサー。

「ま～た、目と目で会話してるし」

希空《のあ》の呆《あき》れたような声。

ごほん、と故意に一度せき込んで、

「よし、いくか」

手を洗い、エプロンを脱《ぬ》ぐ。

「うん。お願いしま～す」

「へいへい」

「ちょっといってくるね、お父さん」

「おう、気ぃつけてな」

「大丈夫《だいじょうぶ》。兄さんと一緒《いっしょ》だから」

店の外では、照れ屋な太陽が顔を真っ赤にして山の後ろに隠《かく》れ始めていた。

☆　☆　☆

お店の扉《とびら》から外に出て、すぐ。

「ところで、希空《のあ》。今着ているパーカーって俺のじゃないか？」

「うっわ、おっそ。今日だって制服の下にずっと着てたのに」

スイミングスクールへ向かう道すがら、兄さんとそんなことを話した。

「おっそ、じゃねーよ。なに勝手に使ってんだ」

「勝手にじゃないって。この前、一香《いちか》ママと一緒《いっしょ》にクローゼットの整理を兼《か》ねて断捨離《だんしゃり》してさ、そん時に見つけたの。で、一香《いちか》ママに許可もらって譲《ゆず》り受《う》けたってわけ」

一香《いちか》ママっていうのは、兄さんのお母さんのことだ。

わたしや姉さんにとって、もう一人の母親みたいな人。

「いやいや。所有権、俺にあるから。それ、限定デザインで気に入ってる奴《やつ》だし。大体、割と着込んでるから洗濯《せんたく》してても汚《きたな》いぞ。嫌《いや》だろ、そんなの。新しいの買えって」

「や〜だ〜。これがいいの」

「なーんで、お前は昔から俺の持ち物ばっかり欲しがるかね」

「えへへへっ。ちょ〜だい」

わざと声を甘くして、強請《ねだ》ってみる。

すると脳内兄さんが、『好きにしろ』とかってそっけなく言った。

で、現実の兄さんもきっと。

「……好きにしろ」

ほらね、当たった。

基本的に、兄さんはわたしと姉さんに甘いんだ。

大抵《たいてい》のお願いなら、無条件で聞いてくれる。

商店街の方へ舵《かじ》を切ると、賑《にぎ》やかな声が大きくなっていった。春の終わりが肌《はだ》で感じられるようになる頃《ころ》、それにつられて星逢《ほしあい》祭りの気配も濃《こ》くなっていく。

「祭り前の雰囲気《ふんいき》はあんまり変わってないのな」

「ワクワクするよね」

「そうだな。血が滾《たぎ》る感じがする」

町をあげての一年で最大のお祭りだから、まだ二ヶ月近く先のイベントだというのに地域の人たちは張り切って準備を進めていた。

青年会や商工会議所はもちろん、わたしたちが通う学校でもイベントが行われる予定なので、チラシやポスターを置いてもらえるように走り回る生徒会メンバーの姿もちらほらと。

多分、制服が目についたからだろう。

「希空《のあ》たち水泳部はなにかやるのか？」

兄さんが首を傾《かし》げると、さらっと柔《やわ》らかそうな前髪《まえがみ》が揺《ゆ》れる。

触《ふ》れたいな、と思った。

美しいものに心惹《ひ》かれるように自然と。

頼《たの》めば、兄さんはなんだかんだ許してくれるだろうし。

触《ふ》れたら想像以上に柔《やわ》らかくて、くすぐったくて、それできっときっと、わたしの指先は火傷《やけど》したみたいに熱くなるんだろうな。

まあ、言わないんですけどね。

そういうのは、ちゃんと恋人《こいびと》同士になってからの楽しみに取っておくんだ。くふふふ。

「ううん。みんなイベントの企画《きかく》とかより遊びにいきたいみたいで、そういうのはなし。兄さんはなにかするの？　天文部なんて、この為《ため》にあるような部活でしょ？」

「いや、しない。準備期間もないし、人手もないしな。結局、なにを企画《きかく》しても、どうせ天文台の下位互換《ごかん》になっちまうから」

「じゃあ、兄さんも暇人《ひまじん》なんだ。……他に予定はないの？」

「ねぇな」

即答《そくとう》だった。

そっか、予定ないんだ。やっぱり、姉さんとの〝また二人で一緒《いっしょ》に星逢《ほしあい》祭りに参加する〟って約束も覚えていないんだ。そっか、そっか。だったら——。

そんなことを考えていた時だった。

「んん？」

目を細めて、段々と夜の深いところへ沈《しず》んでいく町を睨《にら》む。

やっぱり、そうだ。

よく知っている姿を、目ざとく見つけてしまうわたしちゃんなのであった。

「姉さんじゃん。お～い、お～い」

な～んにも考えず反射で声を張りあげぶんぶんと手を振《ふ》り彼女を呼ぶと、それに気づいた姉さんは驚《おどろ》き、そしてゆっくりと表情を笑顔《えがお》に変えていった。

はっきり言って、姉さんの美しさは年を重ねるごとに成熟していっている。

成長した今のわたしでも、まだまだ追いつけていない。

ほら、多くの人が振《ふ》り返《かえ》っては姉さんの後《うし》ろ髪《がみ》を目で追ってるし。

それでも、姉さんの瞳《ひとみ》に映っているのは今も昔も一人だけ。

「希空《のあ》ちゃん。ユヅくんも。どうしたんですか？」

「スイミングスクールにいくところなの。姉さんは帰り？」

「そうですけど」

「じゃあ、一緒《いっしょ》に散歩しながら遠回りして帰らない？」

はい、と頷《うなず》いた姉さんがゆっくりこちらへ歩いてくる。ご一緒《いっしょ》します、と。

これがガサツなわたしだったら走ってくるとこだけど、姉さんはそんなことしないんだよね。

「えへへへ」

「どうしたん？　なんか面白《おもしろ》いことでもあった？」

「いえ。久しぶりにユヅくんと一緒《いっしょ》に学校から帰れるから嬉《うれ》しくて。それだけですよ」

も〜も〜も〜。

こういうことを打算じゃなく本心で言ってくるから、勝負相手として質《たち》が悪いんだよ。女のわたしでも、キュンってなるし。

あとあと、兄さんは容易《たやす》く顔を赤くするんじゃな〜い。

ぎゅっと兄さんの手《て》の甲《こう》を強くつねっておく。

「痛っ。おい、希空《のあ》。いきなりなにすんだ」

「ふ〜んだ」

ついでに、べ〜っと舌まで出して遺憾《いかん》の表明。

わたしには滅多《めった》に見惚《みと》れてくんないのにさ。

不公平じゃん。

☆

ちょうど帰宅途中《とちゅう》だった千惺《ちせ》と合流して、スイミングスクールまで三人並んで歩いた。

太陽は姿をすっかり隠《かく》し、空に取り残された淡《あわ》い紫は一日の終わりを惜《お》しんでいるようで、その薄明《はくめい》を見ているだけで少しの寂《さび》しさが胸に吹《ふ》く。

スクールに辿《たど》り着《つ》くと、希空《のあ》が言った。

「じゃあ、コーチと話してくるから。二人とも、ここで待ってて」

「お前、なんか機嫌《きげん》悪くなってないか？」

「ふんだ。そんなことないですよ〜っと」

言葉とは裏腹に、表情は不満でいっぱいだった。

わざとらしく唇《くちびる》を尖《とが》らせたりしてさ。

さっきまで機嫌《きげん》よさそうだったのに、変な奴《やつ》。

希空《のあ》の背中がそのまま階段をひと息で駆《か》けあがって、自動ドアの向こうに消えてしまう。

残された俺と千惺《ちせ》は、希空《のあ》がのぼっていった階段の下の方に腰《こし》かけることにした。

「にしてもさ。希空《のあ》の奴《やつ》、よく頑張《がんば》ってるよな」

「希空《のあ》ちゃんは水泳で大学の推薦《すいせん》を狙《ねら》ってますからね」

ちょっと自慢《じまん》気に千惺《ちせ》が胸を張る。

妹の頑張《がんば》りや活躍《かつやく》が心底嬉《うれ》しくて誇《ほこ》らしいんだろう。

昔からそういう子だった。

「マジで？」

「インターハイでの結果を受けて、いくつかの大学からはまだ正式なものではないですけどお声がけをもらってます。この分なら、まず間違《まちが》いなく水泳の強豪《きょうごう》校に進学できるでしょうね」

なんだか思いっきり裏切られた気分だった。

テスト勉強なんて全然やってませんとかって言ってた奴《やつ》が、しれっと好成績を残したと聞いた時の感じに似ている。焦《あせ》る。

俺なんて、未来どころか明日のことすらろくに見えちゃいないってのに。

「すげーな、あいつ。まだ二年の春なのに、もうそんな先まで見据《みす》えてんのか」

「今の生活に慣れてきたら、ユヅくんにも進路調査票を提出してもらいますよ。頭の片隅《かたすみ》にでも置いて、少しずつ考え始めてくださいね」

「将来ねぇ」

　やっぱ、全然想像つかないな。

「そういやさ、千惺《ちせ》はなんで教師なんてやってんだよ？」

「私ですか？」

「高校生の頃《ころ》は、別の夢があったじゃないか。宇宙飛行士。月にいくんだって意気込んでただろ。その為《ため》に勉強だってしてた」

　必要な資格を含《ふく》め詳《くわ》しい要項《ようこう》なんかは調べてないから分からないが、能力的な規格で千惺《ちせ》が足りないとは考えられなかった。

　知力も運動能力だって。

　本気を出した千惺《ちせ》には、勝てる奴《やつ》を探す方が難しい。

「よく、覚えてますね」

「そりゃ、覚えてるさ。俺にとっては、まだ数ヶ月前の出来事だから」

「そうですね。教師を選んだ一番の理由は、この場所《がっこう》に忘れもの、をしたから、でしょうか」

「忘れもの？」

「それを取りに戻《もど》ってきたんです。私にとっては将来の夢よりもずっと大切なものだから」

「それは、なんだ？」

　尋《たず》ねると、なんでもない当たり前のことのように千惺《ちせ》は笑った。

「ユヅくんと過ごせるはずだった高校時代の二年間です」

彼女の赤い唇《くちびる》が、星を吹《ふ》き込むようにいつからか訪《おとず》れていた夜に想《おも》いをそっと灯《とも》していく。

「私はこの場所《こうこう》にユヅくんを置いて、先に卒業してしまいました。だから、迎《むか》えにきたんです。この場所で、あなたが帰ってくる時を待つことを決めた。たとえ、先生になってでも、あなたと一緒《いっしょ》に高校生活を最後まで過ごしてみたかった。特別なことはなにもいりません。今日みたいに、たまに一緒《いっしょ》に帰ったりとかそういうことでいいんです。それだけでいいんです。今度は一緒《いっしょ》に卒業しましょう。ね、ユヅくん」

千惺《ちせ》の声は、光だ。

彼女の優《やさ》しさは、温《ぬく》もりだ。

そっか、と思わず零《こぼ》れた俺の声はらしくもなく震《ふる》えていた。

きっと千惺《ちせ》も気づいていたはずだけど、彼女は黙《だま》って俺が落ち着くのを待ってくれていた。

それ以上の言葉はいらない。必要ない。

ただ、隣にいてくれるその気配だけがあればいい。

そういう時ってあるだろう。

引き続き少しだけ待ってもらって、自分の中から時間を動かす為《ため》に必要な言葉を探し出す。

ありがとう、は違《ちが》う気がする。

照れくさいしさ。

ごめん、とか、すまんじゃない。

謝罪なんて千偲《ちせ》だって望んでない。

じゃあ、なんだ？

深く深くまで自分の中を探《さぐ》っていると、それはやがて見つかった。

さっきおっさんに教えてもらったばかりの言葉がぴったりな気がした。

「ただいま」

深い息と共に零《こぼ》れた想《おも》い。

思えば、目覚めてからこっち、まだ千偲《ちせ》には言ってなかったっけ。本当はもっと早く言わなくちゃいけなかったのに。

挨拶《ことば》はコミュニケーションの基本だもんな。

「はい、おかえりなさい」

千偲《ちせ》が優《やさ》しく応えてくれる。

「本当におかえりなさい。ユヅくん」

滲《にじ》む瞳《ひとみ》を強く拭《ぬぐ》うと、空には七年前と変わらない星の輝《かがや》きがあった。

その光が、俺たちを照らしていた。

☆　☆　☆

「え～。ちょっとちょっと、ちょっとぉ。流石《さすが》に早くない？」

ちょっとだけだ。ちょっとコーチと話して、ほんのちょっと二人きりにしただけなのに、兄さんと姉さんの距離《きょり》がおかしく《バグ》なっていた。正確には、兄さんが目を覚ましてからおかしかった距離《きょり》感が、前のように近くなり始めているって感じかな。

これは想定外、なんて嘘《うそ》。

本当は分かっているの。

運命というのは、兄さんたち二人の為《ため》にある言葉だってこと。

もしわたしがなにもしなければ、七年をもってしても二人の仲は引《ひ》き裂《さ》けないだろう。

だって、だってさ。

生まれる前から互《たが》いに惹《ひ》かれ合っていたとしか思えないもん。

わたしがこの世に生を受ける七年ほど前の七夕の同じ夜に、この世に産声《うぶごえ》をあげて。

それからはなにをするにもずっと一緒《いっしょ》だし。

誰《だれ》もが二人がくっつくのは時間の問題だって思ってた。季節が移ろうのと同じく、蝶《ちょう》が蛹《さなぎ》から飛び立つように、花が咲《さ》くみたいに、自然と二人の関係はあるべき姿になるんだろうって。

それが、兄さんと姉さんが十七回目の誕生日を迎《むか》えたあの七夕の夜だったたってだけ。

これがもし一冊のラブストーリーであったなら、物語は〝めでたし、めでたし〟でもうずっと前に閉じてしまってるよね。

王子様《にいさん》とお姫様《ねえさん》が結ばれて、王子様《にいさん》に憧《あこが》れを抱《いだ》いていた女の子《わたし》が少しだけ傷ついてさ。

でも、人生は素直《すなお》に〝Happily ever after《いつまでも幸せに暮らしました》〟とはいかないんだって。

星逢《ほしあい》祭りから帰ってきた王子様《にいさん》が、そのままなんの前兆もなく眠《ねむ》りについたから。

そして、目覚めないまま七年という時間が流れていったから。

そんなある日、鏡に映った自分を見てわたしは驚《おどろ》いたんだ。

鏡よ、鏡《ねえ、兄さん》。なんて尋《たず》ねてみたい気分。

世界で一番美しいのは誰《あなたが好きなのはだれ》？

答えを、わたしは知っている。

おとぎ話のお姫様《あまかわちせ》。

だけど鏡に映ってる少女《わたし》はきっと、あの頃《ころ》のお姫様《ねえさん》に負けないくらい美しい《とてもよく似ている》。

だったら、と心が走り出す。

地面を強く強く蹴《け》り出す。

わたし以外との〝運命〟なんて言葉を壊《こわ》して、わたしが兄さんとの〝運命〟を手にする為《ため》に。

もう、七年前みたいな涙《なみだ》も痛みもいらない。

後悔《こうかい》なんて、こりごり。

今度こそ、戦うって決めたんでしょう。

怯《ひる》むな、わたし。

この物語《こい》の主役はわたしだ。

さぁ、いこう。

「おっ待たせ〜」

階段に座って待っていた二人の輪に交ざる為《ため》に、精いっぱいの声を張りあげた。

兄さん、今はわたしがあなたと同い年の女の子なんだよ。

もう蚊帳《かや》の外で二人を見ているだけの、諦《あきら》めるしか選択肢《せんたくし》のなかった子供はいない。

姉さんを見るそのまなざしと同じ温度で、今のわたしをちゃんと見てよ。

今度は、わたしに恋《こい》してほしい。

「あ〜、お腹《なか》空いた。帰ろ帰ろ。今日の夕食は兄さんが手作りしたメンチカツだって」

「そうなんですか。楽しみです」

「期待すんな。俺はおっさん特製のロールキャベツの方が楽しみだ」

「兄さんはうちのお父さんが好きすぎるっ」

まだ夏の大三角の姿は見えない。

あの三つの星が夜空の真ん中で輝《かがや》く頃《ころ》、わたしたちはどうなっているんだろう。

ここから先は、誰《だれ》も知らない〝運命《ものがたり》〟だ。

第二話　遠くの惺《ほし》と近くの空と

☆

昼休みの教室は、授業中とは違《ちが》い様々な声で溢《あふ》れている。

教師によって締《し》められていた空気が弛緩《しかん》し、規律から解放された生徒たちが好き勝手に過ごしているせいだろう。

アイドルの話題で「きゃあきゃあ」言ってる女子グループの近くで、呑気な野郎《やろう》どもがソシャゲに新しく実装された美少女キャラの胸の大きさで盛り上がっていたり。サッカーボールを手にグラウンドへ走る生徒。休み時間なのに、参考書と睨《にら》めっこしてる奴《やつ》。エトセトラ。

混沌《こんとん》の中に、けれども秩序《ちつじょ》がある。

いや、違《ちが》うのか。

混沌《こんとん》がある故《ゆえ》の秩序《ちつじょ》なのか。

俺一人だけが、煌《きら》びやかな空気の中で居場所を持てないでいた。

うらしまシンドロームについてのことは、当然、クラスの奴《やつ》ら全員が知っていて。

社会人ならいざ知らず、高校生にとって一年という月日はかなり大きい。学年が一つ違《ちが》うだけで、奴隷《どれい》のような扱《あつか》いを受けることだってあるくらいだ。

七年ならなおさら。

そんなわけで、学校に復帰してから教室で俺に話しかけてくる生徒《かわりもの》は幼馴染《おさななじみ》の希空《のあ》と彼女の親友である遙海《はるか》くらいなもんだった。

その二人は、今はいない。

休み時間になって教室から天文部の部室へ避難《ひなん》しようとした俺を捕《つか》まえ、昼飯を一緒《いっしょ》に食おうとしたくせに、部活の急な呼び出しにより早々に離脱《りだつ》したせいだ。

いたたまれねぇよな、全くさ。

愚痴《ぐち》りつつおっさん特製の弁当をがっついていたら、一人の男子と目が合ってしまう。口に飯を含《ふく》んでいたから箸《はし》を持つ手だけを、よう、と上げてみたんだが慌《あわ》てて頭を下げられる始末。

よそよそしくて親しみの欠片《かけら》もないその態度は、同級生へ向けられるもんじゃない。

にへらと硬《かた》い笑《え》みを浮《う》かべたそいつは、逃《に》げるように友達の輪へ戻《もど》っていった。

ごくりと飯を飲み下し、そのまま行き場のない葛藤《かっとう》にしばし固まっていると、入《い》れ替《か》わるようにクラスでも派手なグループに属している男が三人、こちらへやってきた。

「ちわっす。その弁当、美味そうっすね」

一番背が高くてガタイのいい男が、バスケ部の矢上《やがみ》。

真ん中のリーダー格が山吹《やまぶき》。

そんで、左の女顔が八代《やしろ》だったはずだ。多分。

俺に声をかけてきたのは、山吹《やまぶき》だった。

座っていいっすか、と一応は口にしたものの、俺の返事も待たず山吹《やまぶき》はさっきまで希空《のあ》が座っていた隣《となり》の椅子《いす》に勝手に腰《こし》かけている。矢上《やがみ》は遙海《はるか》が使っていた前の席のものを。八代《やしろ》なんて、近くの空いている席から椅子《いす》をわざわざ運んできていた。

「なんだよ？　弁当ならやらんぞ」

「嫌《いや》だなぁ。警戒《けいかい》しないでくださいよ。えっと、なんて呼べばいいっすか？　先輩《せんぱい》、とか？」

「今は同級生なんだから、先輩《せんぱい》呼びはしないでくれ。常識の範囲《はんい》内で好きに呼べばいい」

「じゃあ、タメ口でも？」

「いいぞ。てか、そもそも了承《りょうしょう》とる必要もないんだが」

言うと、山吹《やまぶき》たちは揃《そろ》って変な表情を浮《う》かべていた。

拍子《ひょうし》抜《ぬ》けしたというか、そんな感じ。

ちょうど弁当を食い切ったので、蓋《ふた》を閉めつつ、「どうしたよ？」と首を傾《かし》げる。

「なんていうか、うん。案外、普通《ふつう》なんだなって」

「長く眠《ねむ》ってただけで、それ以外、お前らとなんにも変わらねぇよ。悪かったな」

「いやいや、そうじゃなくてさ。普通《ふつう》に話しやすいってこと。なあ」

山吹《やまぶき》が水を向けると、両隣《りょうどなり》の二人も「うんうん」と強く頷《うなず》いていた。

「あん？　なんでそんな評価になってんだ」

「いや、ノアが——」

山吹《やまぶき》の話によると、俺が学校に復帰する前日、希空《のあ》が放送室を占拠《せんきょ》するという、大変頭の悪い、いや、頭の痛い事件があったらしい。水泳部のホープで成績優秀《ゆうしゅう》、加えて裕里さん《ははおや》譲《ゆず》りの美貌《びぼう》を持つ希空《のあ》の存在は学年を問わず全校生徒に知《し》れ渡《わた》っている。

そんな希空《のあ》が学校の設備を私的に利用してなにをしたのかというと、

「兄さん《オレ》に話がある場合はわたし《ノア》を通せ、だって？」

あいつ、そんな馬鹿なことを宣言してたのかよ。

「そうそう。全校放送で。だからみんな、噂《うわさ》してたんだ」

ああ、色々と言ってるよな、とは矢上《やがみ》。

「気難しいんじゃないか、とか。メンタル弱い人なんかな、とかだっけか？」

「変わった人なんじゃないか、とかもあったよ。確かめようとしても、いつもノアちゃんが近くにいてべったりだったから声をかけ辛《づら》かったってのもあるよね。チャンスを窺《うかが》ってても、東《しの》雲《のめ》くんは一人になるとすぐ教室から姿を消すし」

「そいつは悪かった」

頭を下げると、「いやいや」と山吹《やまぶき》が手を振《ふ》った。

「いいんだ。こっちの事情だし。でもさっき、あいつに手を振《ふ》ってただろ？　だから、話しかけてもいいんじゃないかって思って」

「これからは普通《ふつう》に話かけてくれると嬉《うれ》しいよ」

少し話しただけだけど、こいつらは気のいい奴《やつ》らなんだろう。

うす、とまずは山吹《やまぶき》と握手《あくしゅ》を交《か》わす。んで、体育会系の矢上《やがみ》は拳《こぶし》を突《つ》き出《だ》してきたので、こっちも拳《こぶし》を作ってコツンと返す。

最後の八代《やしろ》とはまた握手《あくしゅ》。

こういうノリは、文化的に継承《けいしょう》されているようだった。

と、その時のことだ。

「あ、あああ。ああああぁぁぁぁぁあっ～。兄さんになにしてんの」

飽《あ》きるほど聞いた声が教室中に響《ひび》いたのと同時に、希空《のあ》が肩《かた》を高く張りつつ近づいてきた。

かと思うと、そのまま俺の頭をぐいっと抱《だ》きしめてくる。

引っ張られて、首が少し痛い。

むぎゅううううっと力いっぱい俺の頭を胸に押し付ける希空《のあ》をなんとか遠ざけつつ、睨《にら》んだ。

「おい、希空《のあ》。なにしてんの、じゃねーよ。お前がなにしてんだよ。どうも、俺に人が寄りつかないのは、お前に理由があるみたいじゃないか」

「や、山吹《やまぶき》ぃ～。兄さんになにを言ったぁ」

「こら。他人《ひと》のせいにするんじゃない」

ぽこん、と痛くない程度に希空《のあ》の頭を小突《こづ》く。

「わぅ。だってだってだって、兄さんぶっきらぼうだし。口が悪いし。素直《すなお》じゃないし。虐《いじ》められる前にわたしが守らなきゃって。それに……」

姉さん以外にもライバルが増えたら面倒《めんどう》だもん、と続く言葉は小さすぎて聞き取れない。

「それに、なんだよ」

「な、なんでもない」

「いやいや。お前がそういう顔をしてる時は、なんか企《たくら》んでるだろ。吐《は》け、吐《は》け」

「乙女《おとめ》の秘密を無理やり口にさせようだなんて、兄さんひどい」

めそめそと希空《のあ》が瞳《ひとみ》に手をやる。

「バーカ。俺にお前のウソ泣きが通じると思うなよ」

「ちぇ。駄目《だめ》か」

「あれ？　なんだ、この空気」

いつも通りのやり取りをしているだけなのに、なぜか教室中の視線が俺たちに集まっていた。

さっきまでの喧騒《けんそう》は遠く静まり返り、誰《だれ》もが俺たち二人を見ている。

はいはい、とその中から代表するように身を乗り出しながら八代《やしろ》が言った。

「二人ってものすごく仲がいいよね。結局、ノアちゃんと東雲《しののめ》くんの関係ってなんなの？　本当の兄妹《きょうだい》じゃないんでしょ？」

「あー、そうだな。なんて説明すればいいか。つまり俺と希空《のあ》は――」

「大切な人だよ？」

続く言葉を奪《うば》った希空《のあ》が、だよね？　と同意を求める感じで見つめてくる。

あ、その言い方はズルいだろ。

彼氏《かれし》とかだったら否定もできるのに、その表現だと少しも間違《まち》ってはいないんだから。

俺の思考が停止した隙《すき》を突《つ》くように、希空《のあ》は続けた。

「兄さんは、わたしにとって世界で一番大切な人です」


——ざわっ。


静けさが再び反転、教室中が一気にざわめく。え？　大切な人ってつまりそういうこと？　絶対そうだって。うそー、ついにあの人魚姫《ひめ》にも恋人《こいびと》が？　ヤダ、ノアってば大人じゃん。アイドルの話題以上にきゃあきゃあと女の子たちの黄色い声があがる一方で、嘘《うそ》だぁぁぁ。俺たちのノア姫《ひめ》がぁぁぁ、あんなぽっと出の奴《やつ》にぃぃぃ。悔《くや》しい。殺す殺す殺す、絶対に殺す。認めないぞ。頼《たの》む、夢なら覚めてくれ。男たちの血と涙《なみだ》と怨嗟《えんさ》が木霊《こだま》する。

「こうしちゃいられねぇ。このビッグウェーブを他の奴《やつ》らにも伝えてくるわ」

「あ、おい」

静止も虚《むな》しく、教室の外に走っていくクラスメイトの背中が消えた直後。

——号外だぁぁぁ、なんとあのノア姫《ひめ》に彼氏《かれし》が。

一拍《いっぱく》置いて、今度は学校中が揺《ゆ》れるように沸《わ》き立《た》った。

あっという間に秩序《ちつじょ》は崩壊《ほうかい》し、残った混沌《こんとん》だけが強く渦《うず》を巻く。

「いつから付き合ってんの？　もしかして小学生の時にはすでに？　それって、きゃー」

「ノアっち。そういうことなら先に報告してよ」

「まずはどこまでいってるのかを聞くべきでしょ。ノアさぁ。その辺、どうなわけ？」

「いや～、あっはっはっはっ。待て待て。そう一度に聞くでない」

主に女子からの握手《あくしゅ》攻《ぜ》めを受け、輪の中心に立っている希空《のあ》はやたらと調子に乗っていた。

希空《のあ》に続いて教室に入ってきた遙海《はるか》の方へ助けを求めるように見やると、俺たち以外で唯一《ゆいいつ》事情を知っているはずの彼女は『無理ー』とばかりに胸の前で大きなバツ印を作ってやがった。

その後、親指だけを立てて『グッドラック』。じゃねーよ。

どうやら、ここに俺の味方はいないらしい。

今更《いまさら》否定したところで照《て》れ隠《かく》しと取られてしまうから、下手なことだって口にできないしさ。どころか「おめでとうございます、やりましたね」となぜか俺まで握手《あくしゅ》を求められる始末。めでたくないし、なにもやってない。

違《ちが》う、違《ちが》うんだって。

そういう関係じゃないんだ。

結局、脳内だけで否定しつつ、昼休みが早く終わることを必死に願うしかない俺なのだった。

☆　☆

私がその噂《うわさ》について聞いたのは、放課後になってからでした。

いつもいつだって、こういうことに疎《うと》い私なのです。

「あーもー、今日も一日疲《つか》れたぁ。甘いもんでも飲まないとやってられんわ」

「宮水《みやみず》先生、お疲《つか》れ様《さま》です」

「げっ。まーた書類が山積みになってるぅぅぅ」

職員室の傍《そば》にある自販機《じはんき》で最近気に入っているというイチゴミルクのパックを手にホームルームから戻《もど》ってきた宮水《みやみず》先生は、ストレスを解《ほぐ》すように腕《うで》を回しつつ不満顔。

「さっき、教頭先生が鼻歌交じりに置いていきましたよ」

「マジかぁ。学生の次は書類と睨《にら》めっこかよ。たまにはイケメンに相手して欲しい」

「ふふふ。今日は特に学校中が賑《にぎ》やかでしたね。なにかあったんでしょうか？」

「あれ、天河《あまかわ》先生はあの噂《うわさ》を知らないの？　妹ちゃんのことなのに？」

来週の月曜日に予定している小テストの問題を作っていた手が、ぴたりと止まります。

私の様子に気づいていないらしく、パックにストローを刺《さ》した宮水《みやみず》先生がチュルチュルと甘い蜜《みつ》を吸う音だけがしばし響《ひび》きました。ひと息でジュースを飲み干した宮水《みやみず》先生は、そのまま私たちの席の間にあるごみ箱に空のパックを放ってから席に腰《こし》かけます。

体を彼女の方に向けると、回転式の椅子《いす》が、ギイィィと悲鳴のような音を出しました。

「あの、希空《のあ》ちゃんがどうかしたんですか？」

「なんでも彼氏《かれし》ができたとかって。あの子、人気があるでしょう？　だから、子供たちはその話題で持ちきりみたい」

「彼氏《かれし》って。え？　相手は？」

尋《たず》ねたくせに、一人の男の子の顔だけが浮《う》かんでしまいます。

私自身、びっくりするくらい強い口調になった声に、宮水《みやみず》先生も戸惑《とまど》いを覚えたようでした。

えーと、なんて言葉を濁《にご》しつつ、

「同じクラスの東雲《しののめ》くんだったかな。東雲結弦《しののめゆづる》。そうそう、そうだ。ほら、あの〝うらしまシンドローム〟の子」

口にされたのは、想像通りの名前で。

「それって本当のことなんですか？」

「おかしくはないんじゃない？　最近のノアちゃん、いつ見ても彼にべったりだったもんねぇ。かいがいしく世話を焼く姿は、もはや彼女ってより女房《にょうぼう》って感じだったし」

宮水《みやみず》先生は私と同年代ですけど元々は県外の方なので、だから七年前の学校の様子も、私やユヅくんの関係も詳《くわ》しくは知りません。

もちろん、先日、彼が希空《のあ》ちゃんの告白を断ったことだって。

私は手首に巻いていたミサンガへ、無意識に手を伸《の》ばしていました。

触《ふ》れて、なぞって、その輪郭《りんかく》を確かめて。

大丈夫《だいじょうぶ》、大丈夫《だいじょうぶ》。大丈夫《だいじょうぶ》です。

これが、私たちが恋《こい》をしている証《あかし》。

「いやー、にしても羨《うらや》ましい。こちとら出会いを探すだけで大変なのに。周りはガキンチョばっかなんだもん。さすがに恋愛《れんあい》対象外だし、そもそも生徒に手を出したら犯罪だし」

「え、ええ。そう、ですね」

宮水《みやみず》先生の言っていることはもっともなのに、とても耳が痛いです。

「そうだ！　今度、合コンしない？　知り合いの馬鹿どもに、『是非《ぜひ》、天河《あまかわ》先生を連れてきてくれ』ってしつこいくらいに言われてんのよ」

「すみません。私、そういうのは全部、断っていて」

「ああ、そっか。天河《あまかわ》先生には恋人《こいびと》がいるんだっけ？」

「まあ、はい」

「じゃあさ、もし次の合コンであたしに彼氏《かれし》ができたらダブルデートしよ。ガキンチョたちができないような、財力にものを言わせる豪華《ごうか》なデート。そんくらいはいいっしょ？　見てろよ、ガキども。次はあたしが羨《うら》ましがられる立場に立ってやる」

鼻息荒《あら》く、ぐっと拳《こぶし》を強く振《ふ》りあげる宮水《みやみず》先生の隣《となり》で、私は「あははは」と笑って誤魔化《ごまか》してしまいます。そうするしかないんです。

ダブルデートなんてできるはずがないですから。

だって、私の恋人は噂の渦中にいる男の子なんだもの。

宮水《みやみず》先生にとっては恋愛《れんあい》対象外な高校生。

でも、デートか。

いいなぁ、久しぶりに誘《さそ》ってみようかな。

☆　☆　☆

日曜日の天気は、晴れ。

天気予報によると、曇《くも》りの予定すらないとのこと。

兄さんは朝からおしゃれをして出かけていった。

うらしまシンドロームという摩訶不思議《まかふしぎ》な奇病《きびょう》に彼が罹《かか》る前は知らなかったんだけど、この病気の罹患《りかん》者への支援《しえん》には国や大企業《だいきぎょう》なんかも絡《から》んでいて——そういう分かりやすいアピールを特に政治家なんかが好むらしい——、検査と引《ひ》き換《か》えに様々な恩恵《おんけい》を受けられるんだって。

その検査をする為《ため》、二週に一度の日曜日に兄さんは病院に通っている。

兄さんが出かけてから大体二時間くらいが経《た》って、ちょうど病院から出てくる時間を見計らいつつわたしは門の前で待《ま》ち伏《ぶ》せをしていた。本当は検査だって付《つ》き添《そ》いたかったのだけれど、わたしが待合室で長い時間待っていると兄さんがすごく気を遣《つか》っちゃうから我慢《がまん》我慢《がまん》。

病院から出てきた兄さんは、スマホを手にしていた。

もしもし、とわたしが触《ふ》れたことのない唇《くちびる》が動く。千慳《ちせ》か、と姉さんの名前が続く。楽しそうに笑っているその口元は空に浮《う》かぶ三日月みたい。

あの唇《くちびる》の温《ぬく》もりや柔《やわ》らかさを知っているのは、世界に一人だけなんだよね。

今はまだ。

簡単な連絡事項《れんらくじこう》くらいだったんだろう、兄さんはそれほど時間をかけず通話を切った。わたしは、それを病院の看板に背中を預けつつやっぱり待っていた。

視界の端《はし》に、兄さんを捉《とら》え続けながら。

その時、ようやく目が合ったので、ふりふりと手を振《ふ》っておく。

わたしに気づいた彼が、首を傾《かし》げた。

「どうしたんだ？」

「部活にいく途中《とちゅう》に通りかかっただけ。一緒《いっしょ》に歩かない？　兄さんも方向は同じでしょ？」

「ああ、いいぞ」

二人並んで、駅の方へ。

兄さんが病院で目覚めた時には満開のピンクで空を埋《う》め尽《つ》くしていた桜並木は、もうすっかり葉桜に変わっていた。

季節はどんどん冬から遠ざかり、陽気に春を歌っている。草や土の匂《にお》いが強く香って、ありったけの奇跡《きせき》でもぶちまけたように世界の至る所に黄色い光が落ちている。

風にたゆたうその奇跡《きせき》に手を伸《の》ばす。

手触《てざわ》りはなく、温かさだけが花弁で休まる蝶《ちょう》のようにトンと指先に宿った。少し動かすだけで霧散《むさん》していく在り方はひどく儚《はかな》く、儚《はかな》いからこそ美しくもあった。

その美しさは多分、人が生きていく為《ため》に必要なものだ。

愛とか優《やさ》しさとか、そういう風に呼ばれるものに少し似ている。

「そういえば、検査ってなにするの？」

「なにって、色々。血液採取とか」

「うわ、嫌《いや》だな」

「希空《のあ》はまだ注射が苦手なのか」

わたしが顔をしかめると、兄さんがくつくつと笑う。

「まだっていうか、一生苦手なままだと思う。痛いの、嫌《きら》い」

大通りに出ると、段々と人の数も増えていった。

長い時間を待ったというのに、たった十分程度で逢瀬《おうせ》が終わってしまうのは寂《さび》しい。

これから、わたしは部活。

んで、兄さんは——。

「あ～あ、やっぱりわたしもついていこうかな」

「お前は部活だろ。大会だって近いのに、そんな余裕《よゆう》あるのか？」

「う～。それを言われるとなぁ。でもなぁ、デートかぁ」

「だから、何度も言ってるけどこれは別にデートなんかじゃねぇって。千惺《ちせ》に町を案内してもらうってだけだ。この七年で色々変わったらしいから」

そうなのだ。

わたしが部活で汗水《あせみず》流している間に、兄さんと姉さんは二人きりでお出かけ。

「ふ～ん。ほ～ん。へぇ～。それを免罪符《めんざいふ》に、二人で町を歩いてぇ、映画とかお店を見て回ったり、カフェでお茶したりするんでしょ？　キャッキャッウフフするんでしょ」

「いや、それは知らんけど」

「デートじゃん！　それはっ！　もうっ！　デートでしょ!!」

「なんで一人で盛り上がってんだよ」

「天気だって滅茶苦茶《めちゃくちゃ》いいし。デート日和《びより》だし」

「俺の話、少しくらい聞けよ」

「手とか繋《つな》いだら許さないから」

「お前は何様なんだ」

「幼馴染《おさななじみ》様で、妹様で、希空《のあ》様だけど？」

「わけ分からん」

くっそぅ。

正直、やられた感がある。

普段《ふだん》、姉さんが仕事をしている時間にわたしが兄さんを独《ひと》り占《じ》めしているみたいに、こっちに用事《ぶかつ》がある時間に兄さんの予定を押さえられるとどうしようもない。

無理やりついていったら二人きりは阻止《そし》できるんだろうけど、練習をサボッて遊ぶわたしに兄さんはきっと幻滅《げんめつ》するだろう。

今後のことを考えると、選択肢《せんたくし》はなかった。

ただ、兄さんと姉さんを二人きりにする以上に心配していることもあって。

どうして、兄さんは自分から傷つきにいくんだろう。

「本当にいくの？」

「そりゃ、いくけど」

「やめときなよ。兄さん、傷つくだけだよ」

「お前はさっきからなんの心配をしてんだよ。普通《ふつう》に町を見て回るだけだって」

駅前にある、この町出身だという芸術家がデザインしたとされている奇妙《きみよう》なからくり時計の下で、兄さんとは別れた。

ここで姉さんと待ち合わせしているらしい。

「じゃあ、兄さん。わたしはここで」

「おう。練習、頑張《がんば》れよ」

少し離《はな》れて、振《ふ》り向《む》く。

兄さんは時計に背を預け、空を見上げていた。

彼が見ているものと同じものが見たくて、わたしもまた空を望む。

昼間の空は、青だけが一面に広がっていた。

その青の先には宇宙があって、そこには今も千の惺《ほし》が瞬《またた》いていることをわたしは知っている。

昼に希《こいねが》うあの空は、宇宙の星々に比べるとずっとわたしたちに近い場所にあるように見えた。

☆

千惺《ちせ》にデートみたいなものに誘《さそ》われたのは、三日前のこと。

あの、学校中を揺《ゆ》るがした〝希空《のあ》の爆弾《ばくだん》発言〟があった日の夜だった。

夜になるとなぜか俺の部屋に集まって、ゲームをしたり漫画《まんが》を読んだりおしゃべりしたり課題をしたりするのが隣《となり》の家に住む姉妹《しまい》の物心ついた頃《ころ》からの日課になっている。

二人の部屋は、古きよき幼馴染《おさななじみ》系両片思いラブコメの定番に沿うように、俺の部屋の大窓を開けた先にあるのだ。

ちなみに、千悍《ちせ》の部屋と希空《のあ》の部屋は隣《となり》同士。

一々、階段を降りて裏口へ回らなくてもベランダを伝って侵入《しんにゅう》できる気安さからか、残念ながら俺にプライベートなんて上等なものは与《あた》えられていない。

俺がうらしまシンドロームによる長期睡眠《すいみん》で病院にいる間はご無沙汰《ぶさた》だったけれど、帰ってきたとなれば話は別であるらしい。

七年前の日課は、俺の了承《りょうしょう》を取ることもなく復活していた。

最近、一層かまってちゃんの傾向《けいこう》を強く示すようになった希空《のあ》が風呂《ふろ》に入っている隙《すき》に課題を片づけていると、先に風呂《ふろ》から上がっていた千悍《ちせ》がそっと体を寄せてきた。

変わらないシャンプーの香りに、思わず心臓の在処《ありか》を思い出す。

「ユヅくん、久しぶりに私と二人でお出かけしませんか？」

甘く熱っぽい声に、脳が痺れた。

「町も随分《ずいぶん》変わったので案内したいなってずっと思ってたんです。どうでしょう？」

「案内してくれるのは有難《ありがた》いけど、仕事は大丈夫《だいじょうぶ》なのか？」

「もちろんです」

「ふぅん。じゃあ、頼《たの》もうかな。いつにする？」

「そうですね。次の日曜日は？」

「午前中に検査があるけど、その後からなら」

そして、現在《いま》に至るってわけ。

待ち合わせ時間の十分前になったところで、

『今、着きました』

ピコンとスマホが鳴り、メッセージが届いた。

しかし、辺りを見回しても千慢《ちせ》の姿はどこにもない。

というか、人の姿もあんまない。

基本、田舎《いなか》なんだよな。

唯一《ゆいいつ》と言っていいほど目を惹《ひ》くのはまん丸のヘッドライトを装備している角丸四角い形状をした黄色い軽自動車で、そいつが駅前ロータリーをスムーズに回っていく。

いかにも女子受けしそうなデザインだった。

そんなことをぼうっと考えていると、まさにその黄色い車が俺の前でゆるやかに停止した。

そのままなぜか助手席側の窓が開いていき、

「ユヅくん。お待たせしました」

奥から顔を覗かせたのは、なんと千慢《ちせ》。

「車なんか持ってたのか？」

「ううん。レンタカーです。ほらほら、乗ってください」

急《せ》かされるまま、助手席に座る。

ハンドルを握《にぎ》る千惺《ちせ》も、彼女の運転する車も。

助手席から見る横顔も。

なんだか見慣れなくて、落ち着かなかった。

服だって、前は可愛《かわい》い系を好んで着ていたのに対し今は綺麗《きれい》系を自然に着こなしているしさ。

全部が全部、夢のようで現実感がなくて、目がチカチカと痛む。

「では、いきましょうか」

俺の戸惑《とまど》いに気づくことのない千惺《ちせ》の声に反応したように、俺たちを乗せた軽自動車がゆっくり加速を始めた。

千惺《ちせ》のハンドルさばきは、中々見事なもんだった。

車線変更《へんこう》は淀《よど》みなく加速もスムーズで、なにより揺《ゆ》れが少ない。

「そういえば、八十ミリの屈折《くっせつ》式にしたんだな」

不意に話題に選んだのは、部活のこと。

それ以外、共通の話題が思いつかなかったせいだけど。

「え？」

「部室の天体望遠鏡。色々、悩《なや》んでただろ」

「ああ、そういうことですか」

七年前、高校二年になった春に二人で天文部を設立して最初に決めたのは、部の為《ため》の天体望遠鏡を買おうということだった。店に見学にいったりして値段に驚《おどろ》き、部費は期待できないからバイトでも始めるかという約束をした。

そして、二人の計画はそこでとん挫《ざ》した。

俺が長い長い眠《ねむ》りについたから。

「後輩《こうはい》の皆《みな》さんにずっと引《ひ》き継《つ》いでいくものですから、手入れがしやすくて丈夫《じょうぶ》な屈折《くっせつ》式がいいかなって思って」

「理由がすごく千慳《ちせ》っぽいな」

「もちろん、それだけじゃなくて黒点観察がしたかったからというのもあったんですよ？　黒点観察には反射式より屈折《くっせつ》式の方が便利なので」

「結構、高かったんじゃないのか？」

あの型なら、少なくとも十数万円はするはずだ。

大人ならいざ知らず、高校生のポケットマネーで賄《まかな》うには少々負担が重かっただろう。

「バイトをたくさん頑張《がんば》りましたから。それに、次の年には後輩《こうはい》の子がなんと二人も入ってくれて、みんなでお金を出し合ったんです」

「それは知ってる。楽しそうにしててよかった」

後輩《こうはい》の女子二人を合わせて、三人での部活動。

彗星《すいせい》の観測。

夏合宿。

現在は解散していると聞く〝高校生天体ネットワーク〟にも参加したりと、横の繫《つな》がりだってかなり力を入れていたらしい。

「お父さんに聞きました？」

「いいや。最近は、記録を整理するのが俺の部活動なんでな。千惺《ちせ》がどんな風に天文部で過ごしたのか見たよ。すごく頑張《がんば》ったんだな。驚《おどろ》いた」

本当に驚《おどろ》いたんだ。

スクラップブックに残っていた千惺《ちせ》は、全く知らない人みたいだったから。

俺以外の前でも素直《すなお》に笑い、リーダーシップを発揮し、他校の奴《やつ》らや大人なんかと対等にコミュニケーションを取ったりしてさ。

「えへへへ、そうです。すごくすごく頑張《がんば》りました。もっと褒《ほ》めてくれていいですよ？」

「調子にのんな。でも、ありがとう。学校に俺の居場所を残してくれて。戻《もど》ってきた時、天文部があったのは有難《ありがた》かった」

「ああ、いえいえ。そのことについてのお礼なら希空《のあ》ちゃんと遙海《はるか》ちゃんに言ってください」

「なんで、ここで希空《のあ》たちの名前が出るんだよ？」

「実は去年、部員がゼロになって廃部《はいぶ》の危機になったことがあって。でも、希空《のあ》ちゃんと遙海《はるか》ちゃんが名前を貸してくださったのでなんとかなりました。一応、今でも部員ですよ。なので、現在の天文部は三人体制なんです」

「そんなこと、あいつらは一言も」

「基本的に水泳部の活動が優先の幽霊《ゆうれい》部員なので、黙《だま》っているんじゃないですか？」

「理由がすっげー希空《のあ》っぽいな」

「だけど、あなたの居場所を守ったのは紛《まぎ》れもなく希空《のあ》ちゃんたちです」

窓を開けていいかと尋《たず》ねると、千慢《ちせ》は「どうぞ」と頷《うなず》いた。

前から流れていく風に、髪《かみ》が揺《ゆ》れる。

頭の中に浮《う》かぶのは、一人の少女。

千慢《ちせ》じゃなくて、別の女の子。

いつも俺の隣《となり》でそうしているみたいに、ニマニマと楽しそうに笑っている。

『むふふふ。姉さんとのデート中なのに、わたしの顔を思《おも》い浮《う》かべるなんて兄さんてば悪い男だね。も〜、本当に希空《のあ》ちゃんラブ勢なんだから。わたしのこと、好きすぎですか』

『うるせぇなぁ』

『なんですと〜!! 今、わたしの好感度が上がってる最中でしょうがっ』

妄想《もうそう》の中ですら騒《さわ》がしい妹分である。

苦笑《う》いを浮かべつつ、頭を振《ふ》って吹《ふ》き飛《と》ばした。

ほんといつもいつもうるさいくらいに騒《さわ》がしいくせに、どうでもいいことはやたらと口にするくせに、大事なことだけは黙《だま》ってるなんてな。

『希空《のあ》ちゃんはできる女なんで。キラッ☆』

『だから、うるせーって』

もはやなにかの呪《のろ》いのように、気を抜《ぬ》いた途端《とたん》に現れるし。

しっしっ、と今度は煙《けむり》を払《はら》うみたいにして、想像の希空《のあ》を頭から追い出した。甘いよ、兄さん。わたしは何度でも蘇《よみがえ》る。そう、何度でもね。ふははははっ。

捨《す》て台詞《ぜりふ》まで騒《さわ》がしいことこの上ない。

「よかったです」

「んあ？　なにがだよ」

「ようやく、ユヅくんがちょっと楽しそうな顔になりました。今日はなんだか上の空というか、元気がないように見えたので。もしかしたら迷惑《めいわく》だったのかな、とかって心配だったんです」

「そんなことねーよ。ただ色々、そうだな。びっくりしただけだって」

「色々？　びっくり？」

「だって、千惺《ちせ》が車で現れるんだぜ？」

「ああ、そういうことでしたか」

今の俺じゃ取れない運転免許《めんきょ》を、千惺《ちせ》は当たり前のように持っている。そのことに驚《おどろ》いて、戸惑《とまど》って、置いていかれたことがほんの少し寂《さび》しくて。

そうさ、それだけのことさ。

駅前から県道に出て、車は二十分ほどすたこらと走っていった。

やがて俺たちを乗せた黄色い軽自動車が入ったのは、俺の知らない場所の広い駐車場《ちゅうしゃ》。

七年前は空き地ばかりで見晴らしがよかった景色はもうない。再開発が進んだのか、いくつかの施設《しせつ》が建ち並び、見上げた空は随分《ずいぶん》と狭《せま》くなっていた。

「さあ、着きましたよ。お昼ご飯、まだですよね？」

「ここで食うのか？　でも、ここって」

「はい、温泉施設《しせつ》です。結構、料理にも力を入れてるんですよ。ついでに温泉は無理でも足湯くらいには浸《つ》かって、日ごろの疲《つか》れやストレスも発散しちゃいましょう」

そこは、バッティングセンターやボウリングなんかの室内型スポーツと温泉が一緒《いっしょ》になって楽しめるという複合アミューズメント施設《しせつ》だった。

待ち合わせに自転車じゃなくて車で現れたり、食事をするのに足湯に入ったり。

そういうことがすでに当たり前になっている千惺《ちせ》は、やっぱりどこか違《ちが》う国の人のよう。

受付を済ませると、靴箱《くつばこ》の鍵《かぎ》と引《ひ》き換《か》えに館内で飲食したりする時に使うバーコードつきのリストバンドとロッカーの鍵《かぎ》を渡《わた》された。

ロッカーの中には、ジャージや浴衣《ゆかた》なんかを含《ふく》めた館内着が入っているらしい。

受付は全部、千惺《ちせ》がやってくれた。

支払《しはら》いは、当然のようにクレジットカード。

免許《めんきょ》と同じく、高校生の俺がまだ持っていないもの。

「いくら？　入場料とかは先払いなんだろ、ここ」

財布《さいふ》をショルダーバッグから取り出し、尋《たず》ねる。

「え？　ああ、大丈夫《だいじょうぶ》ですよ。これくらい」

料金表を検めたところ、入場料や施設《しせつ》利用料を合わせて一人頭二千円ってところか。二人分になると決して安い金額じゃない。

少なくとも、今の俺にとっては『これくらい』なんて軽々しく言えない。

「ちゃんとお給料もらってますから」

「いや、だけど。せめて自分の分くらいは」

「こういう時の為《ため》に働いてるんです。ユヅくんはお金の心配なんてしないでください」

それ以上はいらない、とばかりに千惺《ちせ》の指が俺の唇《くちびる》に止まる。

言《い》い募《つの》ろうとした言葉が喉《のど》に詰《つ》まってしまう。

これ以上言うと、子供がごねている感じになってしまいそうで、それは余計にダサくて。

結局、男のプライドなんかと一緒《いっしょ》に財布《さいふ》をバッグに戻《もど》すしかない俺だ。

「ありがとうな」

「いえいえ。じゃあ、浴衣《ゆかた》に着替《きが》えて、大広間に集合でお願いしますね」

更衣室《こういしつ》での着替えを早々に終えた俺は、置かれていたソファに座って千惺《ちせ》を待つことにした。女の準備に時間がかかることは経験則から知っている。文句を言ったら逆ギレされることも。

なので、こういう時は心を無にするのがいい。

壁《かべ》に張られたソフトクリームのポスターなんかをぼんやり眺《なが》めていると、

「お待たせしました」

覚悟《かくご》していた待ち時間よりずっと早く、浴衣《ゆかた》姿の千惺《ちせ》がやってきた。

高校生だったあの頃《ころ》だって何度か見たことあったけど、大人になった千惺《ちせ》は破壊《はかい》力が違《ちが》う。纏《まと》めた髪《かみ》や、薄《うす》い生地《きじ》の下で主張する体の凹凸《おうとつ》、存在の全てに確かな色気が漂《ただよ》っていて。

「あの、どうですか?」

「え、ああ。えっと、その似合ってる。ちょっとびっくりした」

「そうですか。なら、嬉《うれ》しいです」

はにかむ顔すら、可愛《かわい》いじゃなくて美しいが似合う。

ちょうど昼時だったせいもあり食堂がやたらと混んでいたから、先に足湯で時間潰《つぶ》しをすることになった。

「はぁ、気持ちがいいですね」

隣《となり》に座った千惺《ちせ》が、ほうと深い息を吐《は》くように言う。

濡《ぬ》れないようにとたくし上げられた裾《すそ》からは、綺《き》麗《れい》な白い太ももが。

なんというか、ギリギリだ。

見えそうで見えないギリギリ。

美術館でもちょっと目にかかれないレベルの国宝級の代物《しろもの》が、そんな風に目の前でお預けされているこの状況《じょうきょう》は、年頃《としごろ》の男に対して中々の拷問《ごうもん》なんじゃないっすかね。

でも、その星の輝《かがや》きはきっと幻《まぼろし》で、俺が手を伸《の》ばしてはいけないもので。

今だって、彼女の手首にはあの〝織姫《おりひめ》のミサンガ〟があった。

そんな風に成長した千惺《ちせ》にドキマギしつつ、ミサンガや希空《のあ》の顔やらを思《おも》い浮《う》かべて、欲と理性のシーソーゲームをしていたところ、近くに座っていたおばあさんに話しかけられた。

「こんにちは」

「ああ、はい。こんにちは」

千惺《ちせ》が応えるように、ぺこりと頭を下げる。

おばあさんは、綺《き》麗《れい》な白い髪《かみ》を上品に纏《まと》めてあった。

目鼻立ちがしっかりしていて、とても綺《き》麗《れい》な人だ。

造詣《ぞうけい》だけじゃなく、笑う所作の一つ一つだって美しい。

「ごめんなさいね。まだお若いのにあなたたち二人の雰《ふん》囲《い》気《き》がやけに熟していたものだったから、つい声をかけちゃったの。ほら、付き合って間もない若い子たちって、沈黙《ちんもく》を埋《う》めようと必死になるじゃない？　でも、あなたたちはもうそんなのは気にならないみたいだったから」

「幼馴染《おさななじみ》なんです」

「ああ、それで。私と主人も幼馴染《おさななじみ》なのよ」

彼女は一人だった。

俺の視線に気づいたのか、おばあさんはまたも清楚《せいそ》に笑う。

「主人はサウナが趣味《しゅみ》だから、時間がかかるの。私を放っていつまでも入っていてね。あなたみたいに、ちっとも優《やさ》しくないのよ。お嬢《じょう》さんはいいわね、大切にしてもらえて」

「でも、すごく意地悪になる時もあるんですよ？」

「あらあら、そうなのね」

通じるものがあるのか、千惺《ちせ》とおばあさんはそのまま二人で仲よく話し始めてしまった。

俺だけが蚊帳《かや》の外。

たまに漏《も》れ聞こえる愚痴《ぐち》のような言葉たちに、『おーい、千惺《ちせ》さん。隣《となり》に本人がいますよ？めっちゃ聞こえてますよ？』と反応してしまいそうになるけれど、千惺《ちせ》もおばあさんも楽しそうにしているからやめておく。

水を差すのも悪いしさ。

二人の会話は、厳格そうな顔つきのおじいさんがやってくるまで延々と続いた。

「本当ですよ、なんて言いたいところですけど、今日は可愛《かわい》い話し相手がいてくれたのでちっとも退屈《たいくつ》しなかったわ」

「おう、待たせたな」

顔に負けないぶっきらぼうな言葉を、おばあさんは慣れた様子で受け流す。言葉が導くように二人の視線がこっちに向けられたので、今度は俺も千慨《ちせ》に倣って頭を下げておいた。

「そいつは悪かったな。せっかくのデート中に婆《ばあ》さんの相手なんてさせちまって」

「いえ、私たちも楽しかったです」

「そうかい。それならいいんだが。じゃあ、いくか。これ以上、邪魔《じゃま》すんのも野暮《やぼ》だろうよ」

おじいさんがさっさと歩いていくと、ミニタオルで丁寧《ていねい》に足を拭《ふ》いていたおばあさんもすぐにその背中を追いかけていった。

俺たちに、「ありがとうね」と礼の言葉を残して。

少し先で待っていたおじいさんと合流したおばあさんの横顔は、まるで少女のよう。おじいさんがなにかを言う。おばあさんがその肩《かた》を叩《たた》く。笑っている。

ベタベタとくっついているわけじゃないのに、とても近い。

二人の纏《まと》う空気はほとんど同じ色をしていた。

一体、どれだけの時間を過ごせば、あんな風になるんだろうな。

二人の背中が遠くなって見えなくなった頃《ころ》に、同じことを考えていたのだろう千慨《ちせ》が呟《つぶや》いた。

「さっきのおじいさんの顔を見ましたか？　今日は退屈《たいくつ》しなかったっておばあさんが笑ったら、とても優《やさ》しい表情を浮かべていましたね。おばあさんも、おじいさんがきてからずっとニコニコって嬉《うれ》しそうで。いいですよね、ああいうの」

「ああ、いいよな」

「本当に素敵《すてき》でした」

千惺《ちせ》は、二人の歩いていく背中に幸せの在《あ》り処《か》を探すように優《やさ》しく目を眇《すが》めていた。

その横顔は、おじいさんと合流した時のおばあさんの表情にとてもよく似ていて。

指先で彼女の頬《ほお》をぐにぐにと触《さわ》ってみる。

「ふわ、どうしました？」

「そろそろ飯を食いにいこうぜ。流石《さすが》に腹減ったよ」

「はい、いきましょう」

千惺《ちせ》から指を離《はな》し、首からかけていたタオルで足を拭《ふ》いて立ち上がる。千惺《ちせ》もまた、温泉から濡《ぬ》れた足を出す。

その白い陶器《とうき》のような曲線を、透明《とうめい》な雫《しずく》がつるっと滑《すべ》っていった。

それから、二人で飯を食べた。

俺がロコモコ丼《どん》の大盛で、千惺《ちせ》は刺身《さしみ》定食。

そんな風に足湯と豪華《ごうか》な昼食をたっぷり楽しんで、俺たちは施設《しせつ》を後にした。

当初の予定通りに二人で町をぶらつき始めた頃《ころ》には、太陽の位置がいくらか傾《かたむ》いていた。

さっきの温泉施設《しせつ》然り、町には知らない建物がいくつもあった。

町役場は建て替《か》わり綺麗《きれい》になっていた。小学生の頃《ころ》、遠足のおやつを買いに走った駄菓子屋《だがしや》は空き家になっていて、一人で店を切り盛りしていた婆《ばあ》さんが亡《な》くなって四年も経《た》つと聞く。

ゲームセンターの跡地《あとち》はパチンコ店に、七軒《けん》あった書店の数は二つまで減っていた。

明確な目的があるわけじゃないので、古着屋とか、スポーツ用品店や楽器屋だったりと、入る店に規則性は見出《みいだ》せない。

雑貨屋に置かれていたアロマオイルのサンプルを手に取り、千惺《ちせ》は鼻をくんと鳴らした。

「私、この香りすごく好きです」

ユヅくんはどう思いますか、と千惺《ちせ》がサンプルの入った小瓶《こびん》を傾《かたむ》けてくるので俺も同じように嗅《か》いでみる。

「確かにいい匂《にお》いだな」

「でしょう？　ふふふ。こっちはどうかな。あ、これも素敵」

それから二人で、ぬいぐるみやアジアン系の置物を見たり。

猫耳《ねこみみ》つきのカチューシャを、恥《は》ずかしがって嫌《いや》がる千惺《ちせ》に無理くり装着させてみたり。

「ど、どうですか？」

潤《うる》んだ瞳《ひとみ》で見上げてくる千惺《ちせ》。

「うわっ」

「うわってなんですか?!」

「そ、そんなこと言ってねぇよ？」

「嘘《うそ》です。はっきり言いました。うー、ひどいじゃないですかぁ。嫌《いや》がる私にユヅくんが強引《ごういん》につけさせたくせに、微妙《びみょう》な顔するなんて。最初に言いましたよね？　似合いませんって」

「似合ってないわけじゃなくてだな」

「だったら、なんですか」

成人女性が猫耳《ねこみみ》つけて顔を真っ赤に染めて恥《は》ずかしがってるこのシチュエーションに、涙《なみだ》目《め》の上目遣《うわめづか》いまでコンボされると手に余るというか。

一撃必殺《ワンターンキル》の限界突破《オーバーキル》だ。

はっきり言って、背徳的で犯罪臭《しゅう》がする。

開けちゃいけない扉《とびら》を少し開いてしまった気分。

「すまんすまん。いや、そうだな。お前はこれを二度とつけるんじゃないぞ。死人が出る」

「むぅ。言われなくてもつけませんけど」

はあ、とため息を吐いた千惺《ちせ》の目は妙《みょう》に細く冷たくなっていた。

その後も店内を見て回り、悩《なや》みに悩《なや》んだ末に千惺《ちせ》はリードディフューザーを購入《こうにゅう》していた。瓶《びん》に入ったアロマオイルの中にスティックを挿《さ》して使用するアイテムらしい。そのスティックに吸い込まれたアロマオイルが気化することで、部屋の中に香りを広げるんだとか。

綺麗《きれい》にラッピングされた小さな箱を、外に出た瞬間《しゅんかん》に千惺《ちせ》は俺に寄越《よこ》してきた。

「今日の記念に、プレゼントです」

「こういうのって普通《ふつう》、男が渡《わた》すもんなんじゃねーの？」

「素直《すなお》じゃないですね。普通《ふつう》にお礼の一言をくれてもいいんですよ？」

「……ありがとう」

「どういたしまして。じゃあ、代わりに喫茶店《きつさてん》でお茶に付き合ってもらいましょう」

「それ、取引になってるか？」

「なってまーす」

結局、そのまま千惺《ちせ》が前もってチェックしていたらしい喫茶店《きつさてん》でハーブティーをご馳走《ちそう》されることになった。

お礼だというのに、ここでも俺の支払《しはら》いはゼロ。

客は俺たちを含《ふく》めて三組だけで、店内は静かな時が緩《ゆる》やかに流れていた。オススメされたノンカフェインのカモミールティーは、初めて飲んだけれど悪くない。

特に香りが好みだ。

甘くて優《やさ》しくて、ほっとするっていうか。

「これ、いいな。気に入ったよ」

「えへへへっ。さっきプレゼントしたリードディフューザーも実はカモミールの香りなんです。うんうん。ユヅくんもきっと好きだと思ったんですよ」

勝《か》ち誇《ほこ》ったように千惺《ちせ》が笑うから、負けた気分になって視線を窓の外に逃《に》がした。

なんだろうな、負けって。

勝ち負けなんてないはずなのに。

と、窓に反射した千惺《ちせ》の視線とばっちり噛《か》み合《あ》ってしまい、なんだかんだ最後まで彼女の満足そうな顔を見ている羽目になった俺である。

ああ、やっぱり負けかもな。

千惺《ちせ》は、俺よりずっとずっと今日を満喫《まんきつ》している気がするから。


それからも日が沈《しず》んでしまうまで、二人でたくさん散策して。

夕ご飯を食べて帰りましょう、とレンタカーを返した千惺《ちせ》が俺を引き連れやってきたのは、ファミレスでもハンバーガーショップでも定食屋でもなく、なんと居酒屋だった。

ここもまた、俺のよく知らない世界。

「いいのかよ、教師が生徒をこんなとこに連れ込んで」

「今日は特別です。でも、お酒はもちろんNGですからね」

店内は明るく、まるで祭りのような賑《にぎ》わいをみせていた。

誰《だれ》も彼もがアルコールに酔《よ》い、顔を赤くし、頭のネジが飛んでるみたいに騒《さわ》がしくて。

今日は千惺《ちせ》に、いや、この七年の間で散々変わったあらゆるものに驚《おどろ》かされ続けた気がする。

ただ、これで全部じゃなかった。

最後に一つ、千惺《ちせ》が用意していたとびきりのサプライズがあったんだ。

案内された部屋の扉《とびら》を開けるとそこには、

「お、ようやく主役の登場か。待ちくたびれたぜ」

「うっわ、本物の東雲《しののめ》くんだ。久しぶりに見た。懐《なつ》かしー」

「マジで七年前となんも変わってねーんだな」

「いいなー。肌《はだ》ツヤツヤじゃん」

知らない顔をした、知っている面影《おもかげ》たち。

千惺《ちせ》や希空《のあ》と同じように七年分の月日を経て成長した、友人たちの姿がそこにあった。

しかも、一人や二人じゃない。

三十人はいる。

かつてのクラスメイトの八割近くじゃないのか、これ。

千偲《ちせ》の方を振《ふ》り向《む》くと、彼女は悪戯《いたずら》に舌を出して。

「サプライズ同窓会です。皆《みな》さんもユヅくんに会いたがっていたので」

「千偲《ちせ》が企画《きかく》したのか？」

「もちろんです。急だったのに、みんな集まってくれたんですよ？」

改めて元級友たちをじっくり見ていると、いきなり首に衝撃《しょうげき》が一つ。

「よう、結弦《ゆづる》。本当に久しぶりだな。会いたかったぜ」

「お前、まさか塔矢《とうや》か」

「ふははは。格好よく成長した俺様《おれさま》に驚《おどろ》け」

思わず固まってしまっていた俺の首に腕《うで》を回してきたのは、相沢塔矢《あいざわとうや》だった。

千偲《ちせ》を除けば、一番深くツルんでいたクラスメイトだ。

にかり、と七年分成長した顔で、それでも七年前と変わらぬ声で塔矢《とうや》が笑う。

「じゃあ、主役も到着《とうちゃく》したし、とっとと乾杯《かんぱい》すっか。さあ、みなのもの。騒《さわ》げ。飲め。楽しめ。同士結弦《ゆづる》との七年ぶりの再会を祝して」

塔矢《とうや》がジョッキを掲《かか》げる。

「カンパーイ!!」

そんな号令に、全員が当たり前に乗っかった。

「「「カンパーイ!!」」」

いつの間にかしれっとジョッキを持っていた千惺《ちせ》も遅《おく》れることなく、作法にのっとり腕《うで》を強く高く上げている。

酒の席での在り方を知らない俺だけが、やっぱりただ見ているだけ。

「んー？　おいおいおい、結弦《ゆづる》ぅ。ノリが悪いんじゃないのか？」

塔矢《とうや》が目を細くして絡《から》んできた。

「主役がそんなんだと盛り上がらねーんだが」

「くそ。分かったよ。――か、乾杯《かんぱい》！　これでいいのか？」

「おう、最高だ。ほら、もう一回」

「みんなとの再会に、乾杯《かんぱい》!!」

やけくそ気味になんとか絞《しぼ》り出《だ》すと、塔矢《とうや》は悪戯《いたずら》に笑い、俺の背中を強く叩《たた》いて何度も何度もいろんな形で乾杯《かんぱい》の音頭《おんど》を取ってくれた。

チアーズ《かんぱい》！

プロースト《かんぱい》！

キッピス《かんぱい》！

俺たちは、飽《あ》きることなく再会を祝ったんだ。

さて、俺は大人になったら人間って存在は大なり小なり落ち着くようになるもんだと思っていた。成長するっていうかさ。

でも、そうじゃないらしい。

抱《いだ》いていた幻想《げんそう》を木《こ》っ端微塵《ぱみじん》にされるまで、同窓会開始から五分も必要なかった。

昼休みの教室に漂《ただよ》う混沌《こんとん》をより煮詰《につ》めたような混沌《こんとん》が、その場にはあった。

当然、秩序《ちつじょ》なんてものは欠片《かけら》もない。

声をあげて、歌い出す奴《やつ》。

嫁《よめ》に不倫《ふりん》されたと泣き出す奴《やつ》。

取引先の態度に怒《おこ》っている奴《やつ》の隣《となり》で、それを肴《さかな》に笑いながら酒を飲む奴《やつ》。

「あー、ユヅくんですぅ。こんなところでなにしてるんですかぁ？」

ちなみに、顔を真っ赤にして絡《から》んでくるのは俺の幼馴染《おさななじみ》様。

ペシペシと頬《ほお》を叩《たた》かれて、少し痛い。

「おいおいおい。誰《だれ》だよ、こんなになるまで千悝《ちせ》に飲ませたのは」

「いや、天河《あまかわ》は最初のビール一杯《ぱい》しか飲んでないぞ」

「マジか。千悝《ちせ》って酒に弱かったんだな。知らんかった。おーい、大丈夫《だいじょうぶ》か？」

「だいじょうふ、れすよぅ。うふふふ、ふふふふふ。んぁはっはっはっ」

全然、大丈夫《だいじょうぶ》そうじゃねぇ。

こりゃ、相当酔《よ》ってんな、とは塔矢《とうや》。

「酔《よ》ってなんかいないれすぅ」

「ほら、千惺《ちせ》。水だぞ。空《す》きっ腹《ぱら》にいきなりアルコール入れたから、そんなになってんだろ。えーっと、唐揚《からあ》げ食うか？　好きだよな」

「はい。食べさせてください。というか、むぅ。ちょっと遠いれすね」

「あ、おい」

俺の静止も聞かずに体を引きずるようにして更に距離《きょり》を縮めてきた千惺《ちせ》が、まるで毛布でも羽織るように俺の手を取り自らの肩《かた》にかけていく。

まずは左、続いて右。

そのまま膝《ひざ》の上にすっぽり収まる。

「昔と変わんない光景に安心するわ。付き合ってもないのに、ずっといちゃついてたもんな。だけどさ、公共の場でその絵面はマズくないか？　一応、今の天河《あまかわ》はこいつの先生だろ」

「そ、そうだよな。ほら、千惺《ちせ》。離《はな》れろ」

俺と塔矢《とうや》の進言に、千惺《ちせ》はぷいっとそっぽを向く。

「ヤーれす」

「千惺《ちせ》、頼《たの》むから」

「おーい、天河《あまかわ》。結弦《ゆづる》が困ってんぞ。聞き分けろ」

「絶対に離《はな》れません」

なんて子供みたいに駄々《だだ》をこねたかと思えば、甘い瞳《ひとみ》に急にキリリと力を入れたりする千惺《ちせ》。ついでに俺にしがみつく手にも力を入れて、立場をより強固なものへ。

「もうその手には乗りませんよ。いっつもそうやって塔矢《とうや》くんは私からユヅくんを取り上げるんです。おかげで私が何度、何度……」

言いつつ、千惺《ちせ》が俯《うつむ》き急に震《ふる》え出した。

なんだ、いきなりどうしたんだ。

「何度、ユヅくんとの放課後デートを邪魔《じゃま》されたかっ！」

「はぁ？」

「言い方が悪いなぁ。第一、それは結弦《ゆづる》本人が選んだことだろう？　お前じゃなく、この俺を、結弦《ゆづる》が選んだんだ」

そして、なにが塔矢《とうや》をここまで偉《えら》そうにさせているんだろう。

「ふぐぬぬぬっ。ユ、ユヅくんはあなたなんか選んでませんけど？　勘違《かんちが》いも甚《はなは》だしいんじゃないですかぁ。ねぇ、そうですよね、ね？　ね？　ねぇってばぁぁ」

「勘違《かんちが》いじゃないんだなぁ。実際、俺は結弦《ゆづる》と幾度《いくど》となく二人で放課後に将来について語り合い、休日には町で買い物をし、飯を食べた。放課後デートも休日デートも俺はした」

そうだな。連休の予定とかについて話し合い、文化祭で使う材料の買い出しをして、遊んだ後はファストフードで食事を済ませてきたよな。

「ほ、本当なんれすかぁ、ユヅくん」

そんな潤《うる》んだ目で俺を見上げられても。

「そりゃ、まるっきり嘘《うそ》ってわけじゃないが」

「ほらみろ、うははは」

そこ、煽《あお》るんじゃねぇよ。

どうしてなんですかぁぁ、とそんなキャラじゃないのに千惺《ちせ》がまた叫《さけ》んじゃっただろ。

「どうしてユヅくんは、お父さんとか塔矢《とうや》くんとか、男の人とばっかりいちゃつくんですかぁ。もしかして、男の人の方が好きなんれすかぁ」

「いちゃついてはいねぇよ？」

ひでぇ風評被害《ひがい》だ。

「嘘《うそ》です。ぐすっ。希空《のあ》ちゃんからのタレコミもありました。お父さんと仲よく二人で料理してたって。新婚《しんこん》さんみたいだったたって」

「そんな、結弦《ゆづる》。結婚《けっこん》したのか、俺以外の男《ヤツ》と」

さっきまでの態度から一転、本当にショックを受けたように塔矢《とうや》が項垂《うなだ》れた。

いや、そもそも塔矢《とうや》以外の男とってなんだよ。

お前とだって、結婚しねぇよ？

「塔矢《とうや》は塔矢《とうや》でなに言ってんの？」

「ほらー、またいちゃついてますぅ。ちょっと隙《すき》を見せたらこれですか。ユヅくんの浮気者《うわきもの》」

ああ、もう。どうしてこうなった？

どう考えても、このボケを捌《さば》き切るのに俺一人だと荷が重いんだが。

ついでに周りの奴《やつ》らも、「修羅場《しゅらば》？　修羅場《しゅらば》なのか？」なんて目をキラキラさせながら楽しんでんじゃねーよ。「東雲《しののめ》やるなー」でもねぇから。

一人素面《しらふ》で、この状況《じょうきょう》はマジでキツい。めっちゃしんどい。

「ユヅくん！」

「結弦《ゆづる》っ！」

「え？　あ、ああ。はいはい。今度はなんだよ」

「この際、はっきりしてください。私と――」

「俺と――」

「「どっちが好きなん（ですか？）（だ？）」」

ふっ、ここが地獄《じごく》か。

酔《よ》っぱらいって本当にめんっどくせえええぇぇぇなぁぁぁ、おい。

☆　☆　☆

「おかえりなさい、希空《のあ》。時間通りね。晩ご飯の準備できてますよ」

「ありがとう、お母さん。あれ？　兄さんたちは？」

部活から帰ってきても、家に二人の姿はなかった。

テーブルの上には一人分の食事だけ。

お父さんたちは仕事の合間に済ませるので、わたしの分だろう。

「ああ、千惺《ちせ》と結弦《ゆづる》さんは外で食べてくるんですって」

お母さんの声が、キッチンの方から聞こえてくる。

「ズルい。どこで？」

「ほら、駅裏にあるチェーンの居酒屋さん。同窓会を千惺《ちせ》が企画《きかく》したらしくて」

「待って。同窓会ってつまり、兄さんの前の、クラスメイトたちと一緒《いっしょ》ってこと？」

「ええ、そういうことだと思うけど」

瞬間《しゅんかん》、わたしは『いただきます』と胸の前で合わせようとしていた手のひらを、バンと強くテーブルに叩《たた》きつけていた。

食器の上の、出来立てハンバーグが揺《ゆ》れていた。ほかほかの湯気だって震《ふる》えてた。

「ごめん、お母さん。これ、帰ってから食べる。お父さんにも謝っておいて。せっかく作ってくれたのに、出来立てを食べられなくてごめんなさいって」
「帰ってからって、どうしたの？　あ、ちょっと希空《のあ》!!」

——いかなきゃ。

わたしはスマホを取り出し、兄さんにメッセージを送った。それから返事も待たず流れるようにパーカーを羽織り、財布《さいふ》を持って、家から飛び出していく。
もうすっかりボロボロになったスニーカーの裏で、アスファルトを力の限り蹴《け》っ飛《と》ばす。

——いかなきゃ。

きっと姉さんは浮《う》かれていて、どれだけ残酷なことをしているのかに気づいていない。兄さんが傷ついていることに気づいていない。

——兄さんのところにいかなくちゃ。

夜の町を、走っていく。

☆

言いたいことを言って満足したのか、あの後、千惺《ちせ》は電池が切れた子供みたいにすぐに寝息《ねいき》を立て始めた。前髪《まえがみ》が顔にかかってくすぐったそうだったから、指先でそっと払《はら》ってやる。柔《やわ》らかな髪《かみ》の感触《かんしょく》が、じんと痺《しび》れるように指に残った。

くくく、と隣《となり》に座っていた塔矢《とうや》が笑った。

「さっきの天河《あまかわ》、面白《おもしろ》かったな」

「いや、ちっとも面白《おもしろ》くなんてねぇから。つか、千惺《ちせ》を煽《あお》ったのわざとだろ？　遊ぶなって」

「さて、どうだろうねぇ」

すでに熱燗《あつかん》を五合ほど空けているっていうのに、塔矢《とうや》の顔は未《いま》だに赤くなっていない。なのに、千惺《ちせ》を映す瞳《ひとみ》だけは妙《みょう》に艶《つや》っぽい熱があり、優《やさ》しい。

「……そういや塔矢《とうや》って千惺《ちせ》と同じ大学に進学したんだってな。そのさ、どうだった？」

つい、千惺《ちせ》の手首にある古いミサンガを見てしまう。

自然に千切れると〝二人はいつまでも一緒《いっしょ》にいられる〟なんて、そんな願いと祈《いの》りが込《こ》められている織姫《おりひめ》のミサンガだ。

「どうって？」

「ほら、男とか」

「お前、天河《あまかわ》を疑ってんのか？」

答えの代わりに、コーラに乾《かわ》いた唇《くちびる》をつけた。

水で薄《うす》まった炭酸は、なぜか飲み干すのに苦労した。

甘ったるいのに、少し苦い。

苦くて苦いから、思わず顔をしかめてしまう。

そうさ、それだけのことなんだ。

「……俺の知る範囲《はんい》ではそういうことはなかった。酒を飲んでる姿も、初めて見たくらいだ」

「本当か？」

「そりゃ、天河《あまかわ》に気がある男は山ほどいたがな。どいつも撃沈《げきちん》してってたよ」

じっと塔矢《とうや》の横顔を見ると、親友は少し心地《ここち》悪《わる》そうに身を捩《よじ》った。

視線の意図に、気づいているのか。いないのか。

「なんだよ？」

「いや、なんでもない」

「マジでどうしたよ。天河《あまかわ》があんな風に俺たちの前でも素の自分を出してることに、驚《おどろ》きでもしたか？　前は結弦《ゆづる》の影《かげ》ん中が、天河《あまかわ》の生息地だったもんな」

「生息地って」

「完璧《かんぺき》な表現だろ。だって、なにをするにもお前の後ろにいたし、そこから出てこないし」

「でも、そうだな。塔矢《とうや》の言う通り、目が覚めてから驚《おどろ》くことばっかだ」

今日だって、という言葉はやっぱり呑《の》み込んでしまう。

ようやく乾杯《かんぱい》の熱も引いたのか、開始から二時間が過ぎる頃《ころ》には酒に弱い奴《やつ》らは千惺《ちせ》と同じようにダウンし、塔矢《とうや》のように酒に強い奴《やつ》は仕事や家庭のことなんかを肴《さかな》にしていた。

アイドルとかソシャゲに登場する美少女を話題にしている奴《やつ》はいない。

でも、今の俺は昼休みの教室に渦巻《うずま》くあの混沌《こんとん》の方が居心地《いごこち》よく感じてしまう。

「つーかよぅ、結弦《ゆづる》。俺はお前に文句があるんだぜ。なーんで、親友である俺様《おれさま》に今日まで連《れん》絡《らく》してこなかったんだ？　ひでーよな。四月には退院してたんだろ。他の奴《やつ》はともかく俺くらいにはすぐに連絡《れんらく》してくれてもよかったんじゃねーのか？」

「悪かったって。色々あったんだ」

「へいへいへい、その色々を話せって言ってんだ。釈明《しゃくめい》して、俺に許しを請《こ》え」

塔矢《とうや》が体を揺《ゆ》らして、ぶつけてくる。

俺はへらへら笑うしかなかった。

「勘弁《かんべん》してくれよ」

言えるわけないだろ。

こんなにも再会を喜んでくれてる友人たちに会いたくなかった、なんてさ。

その時だった。

助け船のようにスマホが震《ふる》えた。

『そこから抜《ぬ》け出《で》る理由をあげようか？』

希空《のあ》から届いたメッセージ。

『わたしと二人だけでコーラでも飲みませんか？』

ビールでの乾杯《かんぱい》よりよっぽど惹《ひ》かれる誘《さそ》い文句に、俺の内のなにかが騒《さわ》いだ。

「おいおい、結弦《ゆづる》。ぼーっとしてんなよ」

「ん？　ああ、すまん。俺も酔《よ》ったかも。空気つーか。雰囲気《ふんいき》つーか。一回、外の風に当たってきたいんだが千惺《ちせ》を頼《たの》めるか」

「結弦《ゆづる》から千惺姫《ちせひめ》を預かれるなんて光栄だね」

「なんだよ、それ」

にっと塔矢《とうや》が笑う。

「いってこい、いってこい。帰ってくるまで、お前のお姫《ひめ》様は俺が守っておいてやるから」

変わらぬ態度の親友に、礼だけを言って立ち上がる。

限界だった。

塔矢《とうや》は俺の気持ちを知ってるし、俺を裏切っておいて嘘《うそ》とか演技をするような奴《やつ》じゃない。

そう思っているのに、信じたいのに、俺はもう真《ま》っ直《す》ぐに親友の目を見れない。

だって、塔矢《とうや》の手首に〝千惺のものと対となるデザインのミサンガ〟が巻かれていたから。

尋《たず》ねてみたら、なんてことのない俺の思い過ごしなのかもしれない。

笑って、『そんなことあるわけねーだろ』と叱《しか》られるかもしれない。

たまたま千惺《ちせ》と同じ年に塔矢《とうや》が別の子と参加していただけかもしれない。

でも、二人の七年を俺は知らないから。

考えれば考えるだけ、思考は悪い方に囚《とら》われてしまっていって——。

「どうした？」

「なんでもない。じゃあ、千惺《ちせ》のこと頼《たの》むわ」

さっきは力いっぱい引っついてきてちっとも離《はな》れなかったくせに、眠《ねむ》りについている千惺《ちせ》の体温はあまりにあっけなく俺から遠くなっていく。

そして、今度は塔矢《とうや》の隣《となり》ですうすうと無防備に眠《ねむ》り続けている。

俺の隣《となり》にいる千惺《ちせ》より大人になった塔矢《とうや》の傍《そば》にいる千惺《ちせ》の方がよっぽどお似合いに見える事実がやけにキツくて、胸が苦しい。


そのまま部屋から出るタイミングで、トイレから戻《もど》った元クラスメイトの一人を捕《つか》まえた。

簡単な世間話をした後、なんてことないって感じで気軽に尋《たず》ねてみた。明日の天気でも尋《たず》ねるような口調で、さっき塔矢《とうや》に聞いたのと同じことを聞いていた。

後悔《こうかい》すると知っているのに、もうどうしようもなかった。

「なあ、ついでに一ついいか？」

「なんだよ？」

「お前らが大学生の時とかって、千悍《ちせ》に男の噂《うわさ》とかってあったりした？」

少しだけ思い出す仕草をした元級友は、

「そういや、あったな。実際はどうなのかは知らんけど」

「相手とかって」

「ああ、それは」

するると、そいつは急に俺の首に腕《うで》を回しアルコールの匂《にお》いがする息をたっぷり吐《は》いた。いいのか、なんて口にするくせに話したくてしゃーないって感じで口元が緩《ゆる》んでいる。

少し突《つつ》けば、溢《あふ》れるだろう。

「もったいぶんなって。俺が聞いてるんだからさ」

「仕方なく教えるけど、俺から聞いたとかって絶対に言うなよ？　あと、あくまで噂《うわさ》だからな。証拠《しょうこ》もないし、確証もない。本当にただの噂《うわさ》だからな」

そこまで聞けば、どんなに鈍《にぶ》い奴《やつ》だって答えは分かってしまう。

そして、その未来は覚悟《かくご》を決める時間すら与《あた》えてくれないままに現実に重なっていった。

「――塔矢《とうや》だよ」

指定されたのは、居酒屋から少し離《はな》れたところにある自販機《じはんき》前。

そこで待っていると、五分くらいで希空《のあ》はやってきた。

俺がくれてやった水色のパーカーを羽織っている素の姿は、色気を欠片《かけら》も感じさせない代わりに、やけにほっとする。

慌《あわ》ててきたのか息はひどく荒《あ》れ、肩《かた》で必死に呼吸を繰《く》り返《かえ》している。

「ほら、コーラでよかったんだよな」

先に買っておいた赤い缶《かん》を投げると、見事にキャッチした希空《のあ》が不機嫌《ふきげん》に頬《ほお》を膨《ふく》らませた。

「ちょっと!! 炭酸を投げるなんて信じられないんですけど」

「悪い悪い」

「む～。反省の色が見られない。これは兄さんの分。わたしはそっちのコーラをもらうから」

へいへい、と希空《のあ》の望むままにコーラの缶《かん》を交換《こうかん》してプルタブを開いた途端《とたん》、案の定、甘い蜜《みつ》が夜に溶《と》けるようにシュワッと溢《あふ》れてきた。ベトベトだった。

「うわっ。くっそ濡《ぬ》れた」

「あははは。これに懲《こ》りたら、コーラは女の子と同じくらい丁寧《ていねい》に扱《あつか》うこと」

「逆に、お前はコーラと同程度の扱《あつか》いでいいのか？」

「それは嫌《いや》かも」

俺たちは自販機《じはんき》の発する僅《わず》かな光を受けながら、夜の端《はし》っこに隠《かく》れるように立っていた。甘い甘い砂糖が塗《ぬ》られているかのような缶《かん》の縁《ふち》へ、ゆっくり口をつける。ぐびりと派手に鳴らした音が、喉《のど》を甘く濡《ぬ》らしていく。

「ん～、走ってきたから美味《おい》しい」

「確かに美味《うま》いな」

なんてことない普通《ふつう》の缶《かん》ジュースなのに、さっきまで居酒屋で飲んでいたコーラの何倍も美《お》味《い》しいのはどうしてか。

夜の炭酸はびっくりするくらい甘くて、痛くて、だから少し泣きたくなる。

「にしても一体、いつから希空《のあ》は気づいてたんだ？」

「なにが？」

「惚《とぼ》けるなよ。でないと、こんなとこまでいきなりくるわけないし」

「愛《いと》しの兄さんに早く会いたかっただけかもよ？」

希空《のあ》、となるたけ優《やさ》しく、それでも強く響《ひび》くように名前を呼んだ。

駅前で希空《のあ》と別れる直前、こいつは俺にこう言った。

『やめときなよ。兄さん、傷つくだけだよ』

なんとなくとか思い付きなんかで、選択《せんたく》するような言葉《セリフ》じゃない。

「な～んてね。はい、そうです。兄さんが目を覚ましてから、割と早い段階で気づいてましたとも。ああ、兄さんはきっと〝本当はなにも見たくない〟んだろうなって。でしょう？」

「正解。よく分かったな」

「分かるよ。わたしや姉さんを見る目が、たまにすごく悲しそうな色をしてるもん」

希空《のあ》の言う通りだ。

俺は七年後の世界なんてなに一つとして見たくなかった。

なんだよ、七年って。

町は変わった。

人も変わった。

俺だって変わった。変わって、しまった。

信じたいのに、親友のことを疑ってしまう自分になっていた。

もう、いっぱいいっぱいなんだ。

俺だけが取り残されて、俺だけがみんなが過ごしてきた時間を持ってないなんて不公平だろ。あいつらが懐《なつ》かしんでる時間は、俺にとってはまだほんの数ヶ月前のことなんだよ。懐《なつ》かしくなんてない。ちっとも過去になんかなってない。幽霊《ゆうれい》とか化け物を見たような目で見んなよ。

変わっちまったものを数える度《たび》に、変わっちまったものを知る度《たび》に、心が軋《きし》むんだ。

でもさ、目を背《そむ》けたらそれこそ差が広がっていくばっかりで。

我慢《がまん》しても、辛《つら》くて悲しくて痛くて。

息が詰《つ》まって、熱いなにかに呼吸が続かない。

「ごめんね、兄さん」

「どうしてお前が謝るんだよ」

「兄さんが辛《つら》いことを分かってたのに、それでも嬉《うれ》しかったから。兄さんと同い年になれて嬉《うれ》しかったから。兄さんとずっと一緒《いっしょ》にいられることが嬉《うれ》しかったから」

ああ、希空《のあ》が泣きそうな顔で無理くり笑っている。

「――ようやくあなたと同じ目線で恋《こい》ができるんだって、喜んだから」

「そんなこと」

「でもね、その代わり隣《となり》にいるよ。兄さんの孤独《こどく》を、どうかわたしに分けてほしい」

その時だった。

希空《のあ》の声に胸《むね》の奥が少し動いた。

これまで千惺《ちせ》にしか反応しないはずだった俺の中のなにかが軋《きし》んで、動いて、鳴いて、芽吹いていく。

トクン、とまるで腹の中で蝶が舞っているかのよう。

その蝶《ちょう》を逃《に》がさないように、不意に俺は胸の上に手のひらを強く押しつけて。

トクントクン、とやっぱり強い鼓動《こどう》が返ってくる。

「ありがとうな」

「感謝されることなんて、なにもないよ」

「そんなことねーよ。目が覚めてから、ずっとずっと傍《そば》にいてくれただろ。守ろうとしてくれただろ。嬉《うれ》しいよ、本当に。こんな風に優《やさ》しい女の子に成長した希空《のあ》に出会えて、俺は嬉《うれ》しい。

七年後の世界なんてクソみたいだって思ってたけど、少しはいいところもあったみたいだ」

「ちょっとは惚《ほ》れ直した？」

「ああ、滅茶苦茶《めちゃくちゃ》惚《ほ》れ直した。……希空《のあ》は、すごく綺麗《きれい》な女の子なんだな」

自分の気持ちに素直《すなお》になって笑うと、希空《のあ》の顔にいきなりぼっと赤が灯《とも》った。

「ええっとええと、どしたん。兄さん、そういうキャラじゃなくない？」

「へえ。お前、あれだな。攻《せ》められるのに弱いんだな。くっそ動揺《どうよう》してるし、顔も赤い」

「もうっ、兄さんの馬鹿！」

ポカポカと肩《かた》を叩《たた》かれるけど、全然痛くない。

いつの間にか、痛みも息苦しさも随分《ずいぶん》薄《うす》れていた。

「分かった、悪かったよ。コーラに付き合ってくれた礼に、なんでも一つだけ言うことを聞いてやるから許してくれって。あ、でも俺にできること限定でだぞ」

希空《のあ》に言った。

そんな気分だったんだ。

☆　☆　☆

「ふ、ふ〜ん。なんでも、ね。じゃあ、今度はわたしともデートして」

即答《そくとう》すると兄さんは困ったように視線を彷徨《さまよ》わせ、最後には逃《に》げるように空を見上げた。あ、なんでもって言ったくせに誤魔化《ごまか》そうとしてる。信じらんない。も〜、このヘタレめ。

仕方なく彼の視線を追ったところ、その先で春の星々が浮《う》かんでいた。

やっぱり見つけやすいのは、北斗七星《ほくとしちせい》かな。そこからカーブを伸《の》ばすと、春の王たるオレンジに輝《かがや》くアルクトゥールスが顔を覗《のぞ》かせている。うしかい座の一等星だ。

更《さら》に更《さら》にカーブを伸《の》ばした先には、白くて淡《あわ》い真珠《しんじゅ》星のスピカ。

アルクトゥールスとスピカ、それにしし座のデネボラを加えると、春の大三角が瞳《ひとみ》の表面にそっと浮《う》かびあがってくる。

少し前に見た時より、随分《ずいぶん》と位置が低いなぁ。

これは最後のチャンスになるかも、なんて自分に言い聞かせたわたしは重ねて口にする。

「星逢《ほしあい》祭りでわたしとデートしてよ」

それはこの町に住む子なら誰《だれ》もが知っている、特別な意味を持つデート。

七年前と同じように、東の空に夏の大三角が輝《かがや》き始めていることにわたしは気づいていて。

もう、夏はすぐそこまでやってきていた。

第三話　私の絶望でこのまま世界が壊れてしまえばいいのに

☆☆☆

誰《だれ》にだって泣きたくなると逃《に》げ込む場所があると思う。

たとえばトイレや押し入れ、お父さんの腕《うで》の中。

精神的なところでいえば、友人たちと気軽に繋《つな》がれて弱音も吐《は》けるＳＮＳとか。

かつてのわたしが涙《なみだ》を隠《かく》す為《ため》に兄さんのベッドの下に初めて逃《に》げたのは、ちょうど今と同じ梅雨《つゆ》の時期だった。吐《は》いた息の白さで一年の終わりを意識し始めるように、肌《はだ》にまとわりつく梅雨《つゆ》の匂《にお》いを皮切りに、わたしはいつからか七月七日を気にし始めるようになっていた。

そう、兄さんと姉さんの誕生日。

あの日は、雨が降っていたっけ。

お父さんたちからプレゼントを買う為《ため》のお小遣《こづか》いをもらった二人は、一緒《いっしょ》にお店にいって、そのお金でそれぞれ相手への誕生日プレゼントを見繕《みつくろ》い、『プレゼント交換《こうかん》をしよう』なんて腹が立つくらい可愛《かわい》い約束を交《か》わしたらしい。

嬉《うれ》しさをちっとも隠《かく》そうとしない、まだ幼かった姉さんが教えてくれたのだった。

すぐに買い物の計画を立て始めた二人を見て、またも仲間外れになっていることの不満や悲しみ、嫉妬《しっと》なんかを爆発《ばくはつ》させたのは、なにを隠《かく》そうこの希空《わたし》である。

どうしてわたしだけ二人と同じ誕生日じゃないの、と啖呵《たんか》を切った手前、お父さんの胸に飛び込むわけにもいかず、当時はSNSのアカウントどころかスマホだって持っていなかった。

ついでに、トイレとか押し入れとか自分の部屋なんて、すぐに見つかる場所に隠《かく》れるのも嫌《いや》。

結局、わたしが選んだのは兄さんの部屋で、かくれんぼでもするみたいにベッド下のスペースに潜り込んだ。

そこは狭《せま》くて、暗くて、だけど独りで泣けた。

独りなのが嫌《いや》で駄々《だだ》をこねたくせに独りになる為《ため》に逃《に》げるなんて馬鹿な話ではあるのだけど、人の精神《こころ》って合理的にはできていないものじゃない？

だって、そうでしょ？

もし合理的に作られているのなら、わたしが兄さんに恋《こい》なんてするはずないもん。

どれだけ時間が経《た》っただろう。

泣いて泣いて、泣き疲《つか》れて眠《ねむ》ってしまっていたわたしを見つけたのは兄さんだった。

「あー、こんなとこにいた。千惺《ちせ》、こっちだ。俺の部屋」

「よかったです」

「んんん？　お兄ちゃん？　おはよう」

眠気《ねむけ》によって霞《かす》む視界を、瞬《まばた》きしながら取《と》り戻《もど》していく。

パチパチと瞼《まぶた》が上下運動を繰《く》り返《かえ》す度に、瞳《ひとみ》の中の像は鮮明《せんめい》になっていった。

ベッドの下を覗《のぞ》き込む二人は、言葉と同じくらい心配そうな色で表情を染めていて。

「おはよう、じゃねーから。どこにもいなくて心配したんだぞ。おっさんなんか客を店から追い出して、町の方に探しにいっちまうくらいに」

「ごめんなさい」

「大丈夫《だいじょうぶ》ですよ。誰《だれ》も怒《おこ》っていませんから。さあ、そこから出てきてください」

「……嫌《いや》だ。ここにいる」

希空《のあ》ちゃん、と心配そうな顔をしたままの姉さんに、「とりあえず、千惺《ちせ》はおっさんを連れ戻《もど》してきてくれ」なんて兄さんが言った。

姉さんは素直《すなお》に頷《うなず》いて、兄さんの部屋から出ていく。

扉《とびら》を閉じる時に生じた残響《ざんきょう》が消えて、姉さんの足音も遠くなって、そこから更《さら》に時計の針が生真面目《きまじめ》にぐるりと三百六十度だけ走る音を聞き届けてから、兄さんは再び口を開いた。

「さっきさ」

叱《しか》られるものだと思っていたわたしは、びくりと体を揺《ゆ》らしてしまう。

ビビらなくてもいい、とそれを見た兄さんは優《やさ》しく笑った。

「千惺《ちせ》も言ってた通り、怒《おこ》ってないから。ただ心配しただけ。俺も千惺《ちせ》も、おっさんもな」

「じゃあ今、なにを言おうとしたの？」

うん？　と首を傾《かし》げた後に兄さんは、「ああ、そうだな」と話題を戻《もど》していった。

「さっきさ、希空《のあ》は素直《すなお》に謝れたよな。きっと、自分で心配をかけたってちゃんと分かってるからだろう。その上で、そこから出ることを拒《こば》んだ。それはつまり、希空《のあ》にとって絶対に譲《ゆず》れない大切な事情があるってことなんだと思ってる。だったら、俺に話してみないか？　どうしたらいいか、一緒《いっしょ》に考えようぜ。知っての通り、俺は希空《おまえ》の味方だから」

兄さんの言葉に嘘《うそ》はなかった。

わたしの話を聞いた彼は、子供じみた我《わ》が儘《まま》を笑うこともなく、呆《あき》れたり馬鹿にしたりすることもなかった。

それどころか、少し考えてこんな提案までしてくれた。

「それなら希空《のあ》も一緒《いっしょ》にプレゼントを選びにいかないか？　実を言うとな、千惺《ちせ》が喜ぶようなプレゼントを探す自信がなかったんだ。一緒《いっしょ》に悩《なや》んでもらえると嬉《うれ》しい」

「うん。いいよ。それなら、いい」

赤くなった鼻をすんと鳴らして、わたしはようやくベッドの下から這《は》い出《で》ることができた、というのがこの過去回想《おもいで》の結末だ。ちゃんちゃん。

あれで味を占《し》めちゃって、我《わ》が儘《まま》を聞いてもらいたい時は、こうしてベッドの下に隠《かく》れるようになっちゃったんだよね。

わたしがここに隠《かく》れるのを知っているから、兄さんも頻繁《ひんぱん》に掃除《そうじ》をしてくれてるし。

最初に隠《かく》れた時は、髪《かみ》や服に埃《ほこり》がたくさんついたっけ。

それでも、兄さんは構わずわたしの小さな体を強く抱《だ》きしめてくれた。

まさか、今でもきちんと掃除《そうじ》をしてくれてるとは思わなかったけど。

約七年ぶりのベッドの下は、成長したわたしにとって一層窮屈《きゅうくつ》な空間になっていた。

「お前さ、まーだそんなことしてんのかよ」

やがて兄さんの呆《あき》れ声が聞こえて、ベッドと床《ゆか》の隙間《すきま》から兄さんの顔も見えた。ここから見る兄さんの顔は、あの頃《ころ》とあまり変わっていない。

でも少しだけ違《ちが》って見えるのは、わたしの心の形が変わってしまったからだろう。

あの頃《ころ》より、もっとずっと愛《いと》しい。

「兄さんだって、まだちゃんと掃除《そうじ》してくれてるじゃん」

「習慣なんだよ。しないと気持ち悪いくらいで。だから、希空《のあ》がそこに入るのを想定してのことじゃない。つか、女子高生がベッドの下に隠《かく》れてるのは割とホラーだからな」

わたしも、そして床《ゆか》に頰《ほお》を張りつけている兄さんも、端《はた》から見ると馬鹿みたいだと思う。

でもさ。大雨に打たれたり、する必要もないのに全力で競争してみたり、童心に戻《もど》って公園の遊具に揺《ゆ》られたりするのって、馬鹿みたいだけど馬鹿だからこそ楽しかったりするんだよね。

つまり、こうして兄さんと見つめ合っているこの瞬間《しゅんかん》もわたしにとっては〝楽しい〟だ。

「さっさと出てこいって」

「お礼してくれるって言ったのに、兄さんがわたしとデートしてくれないから」

「しない、とは言ってないだろ。考えさせてほしいって頼《たの》んだだけで」

ちょうど一週間前のことになる。

飲み会からこっそり兄さんを連れ出し、星逢《ほしあい》祭りのデートに誘《さそ》ったわたしに対して、兄さんはなんと保留を口にしたのだった。

少しだけ待ってくれないか、と。

あれはもう完全にデートにいく流れだったのに、このヘタレめっ。

ドキドキして緊張《きんちょう》して、それでも頑張《がんば》った乙女《おとめ》の純情を返せっ。

「で、結論は出たの？　一週間も待ったんだけど」

その間、心臓がずっとドキドキしてるんだけど？

今だって、今度こそ返事がもらえるんじゃないかって緊張《きんちょう》してるんですけど？

「まだ」

ああ。やっぱ駄目《だめ》だわ、このヘタレ。

「兄さんの馬〜鹿。ヘタレ。優柔不断《ゆうじゅうふだん》」

「面目《めんぼく》ない」

「嫌《いや》だ。ここにいる」

「なんでだよ」

「兄さんが返事をくれるまで、ここから出ないかんね」

「そっか。分かった。満足いくまでそこにいてくれ」

「あれ、素直《すなお》？」

意外だ。

ここまであっさり引かれると、不気味な感じがするまでである。

「実は頼《たの》み事があったんだが、そういうことなら諦《あきら》めるよ」

「……なにさ。聞くだけ聞いてあげてもいい」

「実は午後から、誕生日に交換《こうかん》するプレゼントを千惺《ちせ》と買いにいく予定になっててさ。よかったら、希空《のあ》にも一緒《いっしょ》についてきてもらえないかって思ったんだけど……。ちょっと今、千惺《ちせ》と二人きりになるのはしんどいし」

事情を聞いた途端《とたん》、わたしはベッド下から抜《ぬ》け出《で》る為《ため》の行動を開始していた。

そういうことなら、話は別だ。わたしとのデートは保留中なのに、姉さんとはもう一回二人きりでデートするなんて認めてあげない。断固阻止《そし》。

「も～。そこ、どいて。出られないでしょ」

「なんだ、もう引きこもりは終わったのか」

「ぐぬぬぬっ」

ズリズリと床《ゆか》を這《は》いつつもベッドの下に未《いま》だ下半身を埋《う》めているわたしは、室内灯の逆光で顔を黒くした兄さんを見上げるようにして睨《にら》んだ。

真っ黒だったのに、どんな顔をしているのかはっきり分かった。

「兄さんの馬鹿。意地悪。ドS」

「うははは」

罵倒《ばとう》を浴びせてもしてやったりという表情を浮《う》かべ平然としている兄さんを見て、悔《くや》しさで歯を噛《か》むわたしなのだった。まる。

☆

着替《きが》えてくるからちょっと待ってて、とベッド下から抜《ぬ》け出《で》てきた希空《のあ》による待機命令があり、大人しく自室で古い音楽雑誌を捲《めく》ること数分。

コンコン、とドアが雑にノックされる音が響《ひび》いた。

誰《だれ》だ？　と不安になる。

母さんは仕事。千惺《ちせ》も星逢《ほしあい》祭りの準備手伝いとかで午前中は学校にいっている。希空《のあ》にしては早すぎるし、なによりあいつにはノックなんてものをする習慣がない。つか、自室で着替《きが》えているはずだから、準備が整えばいつもみたいにベランダから『やっほい』とかって呑気《のんき》に元気にやってくるだろう。

じゃあ、やっぱり誰《だれ》？

選択肢《せんたくし》をあげきっても、候補はちっとも絞《しぼ》れないまま。

そうこうしていると、俺が返事をするより早くドアが開いた。

「おうおう、ユヅ坊《ぼう》。てめぇ、なーんで今日はうちに顔を出さねーんだよ。オレ様がわざわざ出向くはめになっただろーが」

おっさんだった。

「なんか用事でも？　あ、待て。言わないでいい。今日は手伝いとか無理だからな。いくら脅《おど》されてもしない。これから出かけるんだ」

「ああん？」

一度、夕飯を作る手伝いをしてからこっち、おっさんは遠慮《えんりょ》なく俺をこき使うようになっていた。晩飯作りはもちろん、店の掃除《そうじ》とか、買い出しとか。

様々な雑用によって、俺のプライベートな時間は随分《ずいぶん》消費されてしまっている。

まあ、おかげでぐだぐだ悩《なや》む暇《ひま》も少なくなったわけなんだけどさ。

「知ってるっつーの。千《ち》惺《せ》と一緒《いっしょ》に、誕生日プレゼントを買いにいくんだろ？」

「だったら」

「だったら、じゃねーから。だからこそ、だろ。ほれ」

おっさんが気だるそうに〝娘《むすめ》ラブ〟と大きくプリントされたクソダサエプロンのポケットから取り出したのは、白い封筒《ふうとう》。

ん、と雑に俺の胸元《むなもと》へ押し付けてくる。

「なんだ、これ。まさか、おっさんから誕生日祝いとか？」

「んなわけねーだろ。お前のバイト代だ」

「はあ？」

わけが分からないまま、それでも受け取ると、なんと一万円札が三枚も入っていた。

高校生の俺にとっては、結構な大金だ。

「そいつで、千惺《ちせ》になにかプレゼントを買ってやれ」

「いや、いいって。大丈夫《だいじょうぶ》だ。貯金だって少しくらいあるし」

「その貯金ってのは、親からもらった小遣《こづか》いだろ？　お前さ、女にプレゼントを買うのにそれでいいのかよ？　千惺《ちせ》は自分で働いて稼《かせ》いだ金でてめぇへのプレゼントを買うんだぜ」

「それは……」

実際、相当悩《なや》んでいたことだったので言《い》い淀《よど》む。

前に千惺《ちせ》がクレジットカードで色々買《か》い与《あた》えてくれた時のことを思うと、気だって重い。

ただ、うらしまシンドロームから覚醒《かくせい》して半年はバイトなんかの活動は制限されているから、俺にはどうしようもないことで。

ない袖《そで》は振《ふ》れないわけで。

「だけどさ、おっさんから小遣《こづか》いをもらっても同じことだろ？」

「本当に頭の回転が鈍《にぶ》い奴《やつ》だな。オレはさっき、お前にバイト代って渡《わた》したはずだが？」

「バイトなんてした覚えないぞ」

「いいや？　オレには覚えがあるね。お前は約ひと月、オレの元でちゃんと働いたよ。可愛い娘《エンジエルズ》たちに飯を作ったり、買い出しとか店の掃除《そうじ》とか。文句は言いつつ、真面目にな。こいつはその労働の対価だ。だから、胸を張って受け取っておけって」

たったそれだけのことで、急に手の中の封筒《ふうとう》が重くなったように感じられた。

もちろん、質量に変化はない。

変わったのは、俺の気持ちの方。

「本当にいいのか？」

「いいっつってんだろ。何度も言わせんじゃねー。それに」

ポン、とおっさんが俺の肩《かた》に空っぽになった手を置く。

無骨で、傷だってあって、火傷《やけど》もしていて、水場の作業のせいで荒《あ》れた手だったけれど、それは家族を守ってきた立派な大人の男の手だった。

俺の、ろくに傷の一つもない綺麗なだけの手とは大違《おおちが》いだ。

この大きな手は、大切なものをちゃんと握《にぎ》り締《し》めている手のひらなんだよな。

「女の前でくらい格好つけたいって気持ちは、同じ男として分からんでもないからな」

おっさんは勝《か》ち誇《ほこ》ったように、ニヤリと笑った。

ああ、くそくそくそ。

くっそかっけーな、ちくしょう。

そんなんだから、あんたに頭が上がんねーんだよ。

ありがとうと口にすると、ひらっと片手を振《ふ》っておっさんはそのまま去っていく。振《ふ》り返《かえ》ることもなく、ただ気配だけが遠くなっていって。

残された言葉は、「精々、気張れや」の一言だけ。

俺はおっさんの姿が角へ消えたのを見届けてから、最後に深く頭を下げた。

もう一度だけ、心の中で礼を言った。

☆　☆　☆

ど・れ・に・し・よ・う・か・な♪

姿見と睨《にら》めっこしつつ、クローゼットからぽいぽいっと服を取り出していく。

フェミニンとかガーリーなシルエットは男受けがいいけど、その土俵で勝負しても姉さんには敵《かな》わないしなぁ。だったら、年齢《ねんれい》のアドバンテージを活《い》かして制服も有り？　いやいや、いつも制服姿を見せてんだし、お出かけの時は〝ドキッ、休日のあいつはちょっと違《ちが》う作戦〟一択《いったく》でしょ。だよね、そうだよね。

少女《せいしょ》漫画にだってそう書いてあったもん。

部屋着じゃなくてお出かけ用の奴《やつ》で、まだ兄さんに見せてない服はどれだっけ。これは駄目《だめ》。これは、う~ん、どうしよ。こっちは姉さんと被《かぶ》るか？

はっ‼　というか、姉さんってばまた暴走するんじゃないだろうな。

ハンガーをとっかえひっかえしながら、ふと思いついて電話をかけることにした。

買い物にいく前に、確認《かくにん》しておかなくちゃいけないことがあったのだ。

頭脳明晰《めいせき》、文武両道、眉目秀麗《びもくしゅうれい》と天が二物も三物も与《あた》えたような人だけれど、な~んか人の心の機微《きび》に疎《うと》いところがあるんだよね。本人の資質はもちろん、姉さんをお姫様扱《ひめさまあつか》いして自分たちの輪から遠巻きに見ているだけで一緒《いっしょ》に遊んだりしなかった周りの態度や、それでもいいと甘やかしていた兄さんのせい。

兄さんが眠《ねむ》ってしまってから本人の努力もあって、大分、というか相当、矯正《きょうせい》されたものの、この前の同窓会みたいに今でも無意識にやらかしちゃうことがあることを知っている。

あるいは、姉さんも兄さんと同じように現実を見たくない故《ゆえ》のことかもしれないけれど。

クローゼットから取り出した服を自分の体に当てて、姉さんの反応を待つ。

数回のコール音の後で、目に見えない回線がわたしと姉さんの波長を繋《つな》げてくれた。

「あ、もしもし？　姉さん？」

「希空《のあ》ちゃん？　どうしたんですか？」

「あのさ――」

☆　☆

生徒会の子たちが企画《きかく》している星逢祭り《イベント》の準備を手伝った後、鼻歌交じりに帰りの支度《したく》をしているとスマートフォンが震《ふる》え出しました。

ユヅくんからでしょうか、と期待したものの画面には妹である希空《のあ》ちゃんの名前。

通話ボタンをタップすると、目に見えない回線が私と希空《のあ》ちゃんの波長を繋《つな》げてくれます。

「あ、もしもし？　姉さん？」

「希空《のあ》ちゃん？　どうしたんですか？」

「あのさ。この後、プレゼントを買いにいくんでしょ？　わたしもついていくから」

「ええ、はい。もちろんです」

もうずっと前からこのイベントは、私とユヅくんと希空《のあ》ちゃんの三人のものなんです。仲間外れにする気なんて、最初から少しもありません。

「で、その件なんだけど、姉さんに確認《かくにん》を取っておかなくちゃいけないことがあって電話したの。というか今更《いまさら》だけど、電話して大丈夫《だいじょうぶ》？」

「はい。ちょうどお仕事が終わったところなので構いませんよ」

宮水《みやみず》先生を含《ふく》めた同僚《どうりょう》の皆《みな》さんが気を遣《つか》ってくださり、手だけを振《ふ》って職員室から出ていくのを私も倣《なら》い、頭を下げて応えました。

さっきまでいらした教頭先生もタバコかトイレかで席を外していて、職員室には私一人。

「そっか。よかった。時間ないから端的《たんてき》に聞くね。予算だけど、いくらを予定してる？」

「予算ですか？」

質問の意図が摑《つか》めませんでしたが、素直《すなお》に答えることにします。

「えっと、十万円くらいでしょうか」

ちょうど月末でお給料やボーナスも出ますし、実家暮らしで頻繁《ひんぱん》にお金を使うような趣味《しゅみ》もない私は、割と貯金があるのです。ふんす。

もちろんただの目安なだけで、もっといいものがあればお金に糸目をつけるつもりはなくて。

「あ～も～、な～んで姉さんはこういうとこだけポンコツなの」

「え？　え？　え？」

希空《のあ》ちゃんの悲鳴のような声に、思わず固まってしまう私でした。

「姉さん、それあかんから」

「足りない、ということでしょうか？」

「ちっが～う。なんでそ～なるのさ。普通《ふつう》に考えて、誕生日プレゼントに十万円って異常だよ。兄さん、引くよ。想像していた金額の二倍は上で、わたしだって割と引いてるし」

「と、いうと？」

まだ分からんか～、と希空《のあ》ちゃんのため息。

すみません、という気持ちに思わず体が縮こまりました。

昔から、私はどうにも一般的《いっぱん》な感覚が人とズレているらしいのです。それでも随分《ずいぶん》、改善されてきているとは思うのですが、こうしてたまに希空《のあ》ちゃんからの駄目《だめ》出しが入る時があって。

希空《のあ》ちゃんは私と違《ちが》いコミュニケーション能力がすごく高いので、彼女からのアドバイスは金言として重宝しています。

「あのね。仮に社会人相手のプレゼントなら百歩譲《ゆず》っていいかもしれないけど、兄さんまだ高校生だから。高級ブランドなんて分不相応。加えてさ、同じだけのものを姉さんに返せるはずないでしょ？　あの人の月の小遣《こづか》いって五千円だよ？　お返しで破産させるつもりなわけ？」

「いいえ、そんな気持ちはなくて。ユヅくんが買ってくれるものなら、なんでも嬉《うれ》しいですし」

「うんうん。だよね、だよね。姉さんはそう言うと思ってた。多分、兄さんも同じことを言うと思うよ。ねぇ、逆に考えてみて。兄さんがお金持ちで、姉さんにはあんまりお金がなくてさ。それで、プレゼント交換《こうかん》であまりに高価なものを一方的にもらったらどう思う？」

言われて、私は自分の中で希空《のあ》ちゃんの言葉を咀嚼《そしゃく》しました。

気持ちとしてはもちろんとても嬉《うれ》しくて、でも嬉《うれ》しいのに影《かげ》が一滴《てき》、白いシャツを汚《よご》すシミのように心の真ん中に落ちている感じ、でしょうか。

ああ、これは――。

「申し訳ないなって思いました」

もしかしたら、女である私より男の子である彼の方がこの影《かげ》は大きいのかもしれませんね。男の子という生き物は、損得よりもプライドをひどく重んじる生き物ですから。

「私は、ユヅくんにこんな気持ちを味わわせるところだったんですね」

理解した？　と受話口から希空《のあ》ちゃんの安堵《あんど》色をした声。

対して、「はい」と呟《つぶや》いた私の声は、自分で思っていたより反省の色を濃《こ》くしていて。

「だから、予算は兄さんと相談してね。あと、わたしがこの件で姉さんにくぎを刺《さ》したのも内《ない》緒《しょ》にしておいて。言ったら、兄さんはやっぱり気にしちゃうだろうから」

「そうします。希空《のあ》ちゃん、ありがとうございます」

「いえいえ、ど～いたしまして。んじゃ、またあとで」

それだけ告げて、希空《のあ》ちゃんは通話を切りました。

いくらか熱を持ったままのスマートフォンを手に窓を見ると、今にも雨が降り出しそうな曇《どん》天《てん》の下で部活動中の生徒たちが懸命《けんめい》にグラウンドを走っています。

ユヅくんや希空《のあ》ちゃんと同じくらいの年の頃《ころ》。

すぐ近くにあるように見えるのに、その実、私と彼らとの距離《きょり》はすごく遠い。

一体、いつからユヅくんの心のうちまで希空《のあ》ちゃんに教えてもらわなければならなくなったのでしょうか。

やっぱり胸を突《つ》くような痛みに、私は服の上から必死に手を置くのでした。

☆

隣町《となりまち》にある大型商業施設《しせつ》に予定よりいくらか早く到着《とうちゃく》した俺と希空《のあ》は、時間潰《つぶ》しの為《ため》にぶらりと店内を歩いて回っていた。

知らぬ間に大規模な改修が施《ほどこ》されたらしく、かつてあまりの汚《きたな》さ故《ゆえ》に男子学生のたまり場になっていたフードコートは綺麗《きれい》に整備され女子の姿もちらほらと。

他には、有名なコーヒーチェーン店やボウリング場、映画館なんかも新設されていたり。

「も～、兄さんてばキョロキョロしない」

俺とは対照的に、慣れたように歩いていく希空《のあ》は今日、白く薄《うす》い生地《きじ》をした七分袖《しちぶそで》のインナーにパンツの部分がワイドになっているオーバーオールを組み合わせていた。

前髪《まえがみ》をピンで留め、いつもは隠《かく》れている形のいい額まで出して。

千惺《ちせ》が好むのとは違《ちが》う、いわゆるメンズライクテイスト。

似た顔の造形をしているくせに、性格ゆえか千惺《ちせ》よりずっと似合っている。

「悪い。ちょっと驚《おどろ》いてた。結構、変わってるんだな。映画館まであるし」

「あ、久しぶりに映画見たいかも。買い物終わったら、寄っていかない？」

「タイミングが合えば構わんぞ」

「スカッとして、笑えて、爆発《ばくはつ》オチするようなB級映画がやってるといいけど」

「そういうのは、商店街にある古臭《ふるくさ》い旧作専門映画館《めいがざ》でしかやってないんじゃないか？」

「兄さんが姉さんに連れられて、よく通ってたとこね」

非難するように、希空《のあ》が睨《にら》んでくる。

「なんだよ、その目は。誘《さそ》ってもこなかったのはお前だろう」

「だって姉さんが見たがるのって、意識高い系っていうか、高尚《こうしょう》すぎるっていうか、派手さがちっともないんだもん。足りないものを端的《たんてき》にいうと、爆発《ばくはつ》ね。というか、二人はいつから映画館に通うのをやめるようになったんだっけ？」

「『プライドと偏見《へんけん》』って映画を見てから」

「うっわ、また堅苦《かたくる》しそうなタイトル。面白《おもしろ》くなかったの？」

「そういうことじゃなくてな」

「じゃあ、どういうこと？」

「主演のキーラ・ナイトレイに思わず見惚《みと》れたら、千慳《ちせ》が拗《す》ねた」

あの日は、あいつの機嫌《きげん》を取るのに相当苦労したっけ。

二日は拗《す》ね続けていた。

「あははは。そっか。姉さんってば、ハリウッド女優と張り合っちゃったのか。あ、わたしはその辺について姉さんより理解あるから、それくらいじゃ怒《おこ》らないよ。安心して？」

「なにを安心しろって？」

尋《たず》ねたところ、希空《のあ》がにんまりと笑い、そっと耳に息を吹《ふ》きかけてきた。

「だ・か・ら、わたしと兄さんが付き合ってもそれくらいは許すってこと。正妻の余裕《よゆう》って奴《やつ》？　もちろん、その分はめ～いっぱい愛してもらうけどね」

静かで、優《やさ》しくて、そのくせ熱っぽくて芯《しん》のブレない強い声。

魂《たましい》が震《ふる》え、電流のようなものを纏《まと》った希空《のあ》の声が俺の体中を駆《か》け巡《めぐ》っていく。

「お前さぁ」

「あはっ。ドキッとした？」

ああ、した。

滅茶苦茶《めちゃくちゃ》したよ。

待ち合わせ場所に指定された八番出入り口には、千慳《ちせ》の姿がすでにあった。

俺たちの姿を見つけて、犬の尻尾《しっぽ》みたいにぶんぶん手を振《ふ》っている。

学校帰りにそのまままきたからだろう、本来の千慳《ちせ》が好むようなふんわりスカート姿ではなく、明るめな色をしたジャケットに動きやすさを優先させたパンツスタイル。

合流する為《ため》に更《さら》に一歩を踏《ふ》み出《だ》すと、あとについてきた希空《のあ》の声が背中を押した。

「そういえば、商店街の映画館は五年前に潰《つぶ》れたよ」

小さな声だったから、きっと俺だけにしか届いていない。

寂《さび》しさに似た冷たい風が、胸《むね》の奥を吹《ふ》き抜《ぬ》けていく。

「まあ、ボロかったし当然かもな」

「うん」

「客だって、ほとんど入ってなかった」

自分を慰《なぐさ》める為《ため》だけに重ねていく否定の理由だ。

そんなもん、いくつ積みあげたところで本当の意味で納得《なっとく》なんてできないけど、この世界はそういう風にできているし、だったら無理くり納得《なっとく》して進まなくちゃいけないことだってある。

それを知らないほど子供じゃない。

もちろん、全てをすぐに呑《の》み込めるほど大人でもないのだけれど。

「……悪い、千惺《ちせ》。待たせたな」

「いえいえ、時間ぴったりです。それより、ふふふ。楽しそうにしてましたね。二人でなにを話してたんですか？」

「いや、中身のないただの雑談だ。なあ」

うん、と希空《のあ》がこくりと頷《うなず》く。

本当に改めて話すようなことじゃない。

「私には言えないことですか？」

「そんなことないけどさ。なんでもかんでも話すような年でもないだろ。お互《たが》いに。知らないことだって、普通《ふつう》にある」

「ユヅくん、なにか怒《おこ》ってます？」

「なんでそんな風に捉《とら》えるかな。違《ちが》うって。ほら、いこうぜ」

言いつつ、きたばかりの道を振《ふ》り返《かえ》り歩いていく。

「あ、はい。いきましょう」

千惺《ちせ》も慌《あわ》ててついてきた。

せっかくの休日だというのに他にいくところがないのか、店の中は大勢の客で繁盛《はんじょう》していた。

イベントホールではヒーローショーなんてやっているらしく、週に一度だけテレビの中に出勤するヒーロー戦隊が、今日はテレビから抜《ぬ》け出《だ》して怪物《かいぶつ》たちと戦っている。

赤色ヒーローの必殺キックが止められたところで、司会のお姉さんが客席に向かって叫《さけ》んだ。

ほら、みんな。頑張《がんば》れって応援《おうえん》して。そしたらきっと、ヒーローは勝てるから。いくよ。一、二の三。頑張《がんば》れー。もっと大きな声で。もう一度。さん、はい。頑張《がんば》れー、負けるなー‼

吹《ふ》き抜《ぬ》けになっているイベントホールの様子は、エスカレーターの上からでもよく見えた。

手を強く握《にぎ》った子供たちの力いっぱい叫《さけ》ぶ生の声が、ここまで聞こえてビリビリ響《ひび》く。

ユヅくん、と千惺《ちせ》から呼ばれた時もまだヒーローショーに見入っていた俺だが、

「あのですね。今年のプレゼントの予算はこれでどうでしょう？」

そう切り出されて、ようやく視線を彼女の方へ。

千惺《ちせ》は片方の手を、パーに開いていた。

指が五本。

つまりは五千円ってことだろうか。

正直、今の俺には妥当《だとう》な線だ。一ヶ月分の小遣《こづか》いだし。ただ、おっさんから臨時収入をもらっていた俺はいくらか気が大きくなっていて。

社会人である千愃《ちせ》へのプレゼントって考えると、流石《さすが》に五千円だと心もとないしさ。

「もう少し高くても構わないぞ。軍資金もあるんだ。だから、そうだな。これでどうだ？」

とはいえ、ここで全てを使い切ってしまうつもりもないが。

千愃《ちせ》の出したパーに勝つように、指をチョキにする。

「え？　どうして減ってるんですか？」

「違《ちが》う違《ちが》う。二千円じゃなくて二万円ってこと」

「私が提案したのは五ま――。ふぐぅ」

千愃《ちせ》がなにか言いかけたのを、どうしてか慌《あわ》てた様子の希空《のあ》がいきなり手で塞《ふさ》いでキャンセルしてしまう。

あと、ゴマってなんだ？

「よっし。じゃあ、予算は二万円でけって〜い。姉さんもそれでオッケーだよね？」

そのまま早口で言い切る希空《のあ》。

千愃《ちせ》はそういうおもちゃみたいに、なすがままされるがまま、コクコクと頷《うなず》き続けた。

なにやら言いようのない疎外感《そがい》みたいなものを感じたけれど、俺から口にした条件なので黙《だま》って成り行きを見ているに留《とど》めておく。

やがて、二階に辿《たど》り着《つ》いた。

「んじゃ、二時間後にあっちの休憩《きゅうけい》スペースに集合な。さっき決めた通り、予算は二万まで」

はいはいはい、とそこで元気よく手を挙げた希空《のあ》が乱入してきて。

「わたしは今回、二人に五千円ずつプレゼントを買うので、来年《つぎ》のわたしの誕生日には三倍返しでよろしくお願いしまっす」

「アコギな商売してんなぁ」

まあ、構わないんだけどさ。

俺のボヤキを華麗《かれい》に無視して、

「では、解・散！」

希空《のあ》が店内全てに届くような声で元気よく叫《さけ》んだ。

☆　☆

さてさて、どうしましょうか。

二人と離《はな》れて一人になった私は、悩《なや》んでいました。

当然、ユヅくんに贈《おく》るプレゼントについてです。

前もって調べていた複数の候補たちは、軒並《のきな》み予算オーバー。

とはいえ、二万円もあればそれなりのものが贈《おく》れるとは思うのですが、それでも想定よりグレードが下がってしまうのは否《いな》めないわけで。ううん。であるなら、当初予定していた財布《さいふ》や時計、バッグなんかはきっぱり諦《あきら》めて別のものを探した方がよさそうですね。

希空《のあ》ちゃんは、なにを買うんでしょう。

その時でした。

雷《かみなり》に打たれたような素晴《すば》らしい天啓《てんけい》が降ってきたのです。

ビビビって感じです。ふんす、ふんす。

先日、ユヅくんはこんなことを言ってました。

『困ったよ。気に入ってたパーカーを希空《のあ》にカツアゲされちまってさ』

前に彼が着ているのを何度も見た空色のパーカーは、最近は希空《のあ》ちゃんのお気に入り。

毎日制服の下にまで着込むほどで、もうすっかり彼女に馴染《なじ》んでいます。

パーカーなら、ハイブランドでも二万円帯のものがあったはず。

色は、希空《のあ》ちゃんと被《かぶ》らないような黒とか白でしょうか。

そうです。ついでに、自分用にお揃《そろ》いのものを買ってもいいかもですね。実は、希空《のあ》ちゃんがユヅくんのパーカーを着ているのを見て、ちょっと羨《うらや》ましかったのです。

ふふっ、ユヅくんとペアルックかぁ。

最高じゃないですか。

方向性が決まれば、善は急げ。

待ち合わせまでの残り時間は一時間半近くも残っているけれど、私は早足で目当てのテナントに向かうことにしました。

☆

「んで？　解散したはずなのに、なーんでお前は俺と一緒《いっしょ》にきてんだよ？」

プレゼント選びの為《ため》に雑貨屋をうろつきながら、当たり前のように隣《となり》にいる希空《のあ》に尋《たず》ねた。

プレゼント選びの最中は、お互《たが》いがなにを買ったのか分からないように別行動。

それがルールのはずだ。

「ん～？　今朝、懐かしいことを思い出しちゃったから、かな。約束通り〝姉さんが喜ぶようなプレゼントを探す自信のない兄さんと一緒《いっしょ》に悩《なや》んであげよう〟と思って」

「そんな約束したっけか？」

「したよ～。それこそ、もう十年以上前だけどね」

ちっとも覚えてない。

「それに、わたしはプレゼントをもらう側じゃないから一緒《いっしょ》に選んでも構わないでしょ？」

「まぁな」

「兄さんへのプレゼントは決まってるから、姉さんへのプレゼント選びに付き合うよ」

「ほう、なにをくれるんだ？」

「目覚まし時計。兄さん、お寝坊《ねぼう》さんだから。七年も寝《ね》て留年するくらいだし」

「うっわ、嫌味《いやみ》かよ」

「ちょびっとね。あ、でもただの目覚まし時計じゃなくて録音機能つきの奴《やつ》だから、アラーム音に好きなセリフを吹《ふ》き込めるの。兄さんにだけ、希空《のあ》ちゃんの脳トロボイスによるあま～いセリフで最高の朝《めざめ》をプレゼントしてあ・げ・る♡　嬉《うれ》しいでしょ？」

そんなとびっきりの笑顔《えがお》で言われると、否定できやしねぇ。

「……せめて人に聞かせられるセリフで頼《たの》む」

「むふふふ。おかしなことを言うね。同級生の女の子の声入り目覚ましなんて、どんなセリフだって人に聞かせられないでしょうに」

「確かにな」

「お望みなら、十五禁のセリフくらいまでなら頑張《がんば》ってもいい」

「いや、そういうのをやめてくれって言ったんだけどな？　話聞いてた？」

「逆に、どうして兄さんは要望を聞いてもらえるなんて思ったわけ？　わたしだよ？」

「そうだよな。なんでそんなこと期待しちまったんだろうな」

「あれ～？　納得《なっとく》されちゃった。それはそれで複雑」

気を張る必要のない、希空《のあ》との下らない会話は楽だった。

前に千惺《ちせ》と覗《のぞ》いた雑貨屋にあったような猫耳《ねこみみ》カチューシャが置かれてあったので、つい手に取ってしまう。それ、どうするん、てな感じで見てきたから希空《のあ》の頭にそのまま載せておいた。

「ふふん。どう？　似合ってるかニャ？」

スマホのカメラでさっと姿をチェックした希空《のあ》は嫌《いや》がることもなく、こてんと首を傾《かし》げる。

「ああ、似合ってる。すげー可愛《かわい》い」

頷《うなず》くと、顔全体を余すところなく真っ赤にして、「わぅわぅ」と希空《のあ》が吠《ほ》えた。どうやら照れているらしい。ほんと、こいつはこういうのに弱いんだな。

と、その時だ。

「あっれー、ノアっち？　それと、東雲《しののめ》さんだっけ」

「奇遇《きぐう》じゃん。ハロハロー」

声をかけてきた二人の女の子に、見覚えがあった。

俺と希空《のあ》のクラスメイトだ。他の学校だったら校則違反《いはん》に抵触《ていしょく》しそうな明るい髪《かみ》の色や、教室のざわめきの中でも際立《きわだ》つ特徴《とくちょう》的な声は印象深い。

確か、南原《なんばら》と錦戸《にしきど》って名前だったはず。

「ナンちゃんにニッシー。うぃ〜っす」

「うぃーっす」

「なんでノアは猫耳《ねこみみ》？　ウケる」

「ああ、これはいきなり兄さんにつけられて。すげ～可愛《かわい》いんだって。えへへへ」

「あ、馬鹿。言うなっ」

希空《のあ》が悪気もなく照れると、同級生たちの目が一気に氷点下まで冷えていった。

さっむ。つか、痛い。視線が痛い。店員に頼《たの》んで、冷房《れいぼう》切ってもらおうかな。無理かな。このままだと俺、初夏なのに凍え死《こごえし》にそうなんだけど。

「つまり、え？　東雲《しののめ》さんの趣味《しゅみ》なん？」

「多分」

瞬間《しゅんかん》、同級生二人は戦慄《せんりつ》した。マジっすか。東雲《しののめ》さん、猫耳《ねこみみ》とか興味あるの。彼女にアニメのコスプレとかやらせて悦《えつ》に浸《ひた》るタイプの男じゃん。ヤべーよ、ヤべー。ヤバいっすわ。

ぼそぼそとなにか聞こえてきたけど、聞こえてないふりを貫《つらぬ》く。

つか、スルー以外どうしろと？

「え？　え？　え？　じゃあ、今日はノアたちって」

「見たら分かるでしょ？」

言いつつ、猫耳希空《ねこみみのあ》が俺の腕《うで》に引っついてきた。

いつもみたいに、「にひひひ」と悪戯《いたずら》に笑って目を細め、匂《にお》いをこすりつけるように頰《ほお》をこっちの腕《うで》にスリスリスリと――。

いや、いつもより大分ひどいな？

「ふふん。デート中なの」

声色《こわいろ》はどこか挑発《ちょうはつ》的で。

クラスメイトたちを映す瞳《ひとみ》は妖艶《ようえん》に輝《かがや》いていて。

誇《ほこ》らしげに胸まで張っていて。

「あー。これ、完全にあーしらお邪魔《じゃま》っすね」

「ひぇ、失礼します。いこっ、南原《なんばら》」

「ノアっち、また学校で話聞かせてもらうかんねー」

そそくさと頭を下げて、コミュ力高そうな女子高生二人があっという間に離《はな》れていった。

俺は結局、弁解も否定もできないまま。

仕方なく、希空《のあ》の猫耳《ねこみみ》だけは取って棚《たな》に戻《もど》しておく。

「絶対、勘違《かんちが》いされたぞ」

「わたしは構わないもん。付き合ってるって思われても、兄さんが変態だって思われても」

「せめて後者は気にしてくれよ。つか、いつまで引っついてるつもりだ？」

「せっかくだからもう少しだけ～。えへへへ」

「勝手にしろ。その代わり、意見はたっぷり聞かせてもらうからな」

「了解《りょうかい》」

なんて、とっても元気のいい返事がきた数分後。

「全っ然、アドバイスくれないじゃねーか」

俺は、うがーっと叫《さけ》んでいた。

さっきからなにを尋《たず》ねても『いいと思う』とか『悪くない』とか、そんなのばっかなんだ。

これっぽっちも参考にならない。

「ちょっとちょっと。兄さん、落ち着いて」

「落ち着いていられねぇよ」

「いやいや、一応ね。センス悪いのを選ぼうとしてたら口出そうかな～とは思ってたんですよ？　けど、よく考えたらわたしと姉さんがちゃんと教育してきたから、兄さんが割とセンスいいんだっていうのを忘れてた」

「じゃあ、もう離《はな》れろ」

強引《ごういん》に腕《うで》を振《ふ》って希空《のあ》を引《ひ》き離《はな》すと、「あん♡」なんて甘い声をあげやがる。

周りにいた客とか、エプロンをつけた店員とか、つぶらな瞳《ひとみ》のクマのぬいぐるみなんかの視線が漏《も》れなく俺たちに集まっていた。

その辺含《ふく》めて、もう色々限界だった。

「兄さんのケチ～」

「ケチで結構」

「今度はちゃんとやるから〜」

「ほら、見ろ。やっぱりふざけてたんじゃないか」

尚《なお》、文句を口にしつつよさそうなデザインのマグカップを一つ手に取ると、希空《のあ》がひょっこりと脇《わき》から覗《のぞ》き込んでくる。

近いのは近いけど、これくらいなら、まあ、許してやるか。

「でも、兄さんも悪いんだよ。ここで決めるつもりないくせに」

「そんなことないぞ？」

言うと、「そう？」と希空《のあ》は目を細めた。

「じゃあ、忌憚《きたん》ないご意見というのを口にするけどさ。たとえば兄さんが今、手に持ってるマグカップはすごくいいデザインだと思う。多分、北欧《ほくおう》系のブランドを意識してるんだろうね。でも、よく見ると値段相応っていうか。意識して真似《まね》てるだけだからちっとも洗練されてないし、故《ゆえ》にデザイナーさんの顔だって見えてこない。品質だって、そこそこ。もちろん、予算が数千円っていうなら、全然、いいと思うよ。けど、今回は二万円もある。ちゃんとしたブランド品だって手が出せるレベルでしょう？」

淀《よど》みなく忌憚《きたん》ないご意見が流れてくる。

おっさんがガキの頃《ころ》からいわゆる本物に触《ふ》れさせてきたからなのか、千惺《ちせ》も希空《のあ》も、この手のものに関して普《ふ》通《つう》の高校生より知識があるのだった。

「もし本当に食器で決めるんだったら、きちんとしたセレクトショップにいくべきだと思うって、ほらぁ。その顔。わたしが本気で口出すと、兄さん、拗《す》ねるんだもん」

「拗《す》ねてねーし。……あのさ、なにを贈《おく》ったら女の子って喜ぶんだ？」

「よく知らない男の子からもらうんだったら、断然消耗品《しょうもう》がいい。ハンドクリームとか入浴剤《ざい》とか。アクセは趣味《しゅみ》があるから論外。ただ、兄さんが贈《おく》ってくれるものなら、姉さんやわたしはなんでも喜ぶ。それこそ、アクセサリーだって趣味《しゅみ》じゃなくても、毎日大事につけるよ。だから、あとは兄さんが今の姉さんになにを贈《おく》りたいのかを考えるといいんじゃない？」

「そう言われると、食器じゃないな」

俺は手の中にあったマグカップを、そっと棚《たな》に戻《もど》した。

これに関しては俺からプレゼントされるより、知識のある千惺《ちせ》が自分で選んだものの方がずっといいものを手元に置けるだろう。

「うんうん。じゃあ、他のお店を見にいこう。まだまだ時間はあるんだし」

「おい、引っ張るなって」

今度は腕《うで》に引っついてくることなく、希空《のあ》は俺の手を握《にぎ》るだけで引っ張っていく。

こいつは、当たり前に俺の相談にだって乗れるようになったんだな。

ねぇねぇ、次はあそこのお店に入ってみようか、と無邪気《むじゃき》に振《ふ》り向《む》いた希空《のあ》の笑顔《えがお》は、俺にはもう完全に同年代の魅力《みりょく》的な女の子にしか見えなかった。

☆　☆

プレゼント用のパーカーは、シンプルなデザインではあるものの、ふっくらした触感《しょっかん》や袖《そで》を通すと分かる着心地《きごこち》のよさ、ワンポイントの星が目を惹《ひ》く品を悩《なや》みに悩《なや》んで購入《こうにゅう》しました。

色は黒です。

大切な人に贈《おく》るものですから、自分の目で見て触《ふ》れて自信を持って渡《わた》せるものを選びたかったので、お気に入りの逸品《いっぴん》が見つかってほっとしています。

全く同じものではないですが、同じブランドの同じ色のパーカーも自分用に購入《こうにゅう》。

なんとか待ち合わせ時間の十分前にお店を出たところで、南原《なんばら》さんと錦戸《にしきど》さんの二人とばったり出会いました。

「お、天《あま》ちゃんじゃーん。うぃーっす」

「天河《あまかわ》先生、こんちは」

「こんにちは。お買い物ですか？」

「にひひひ。いーや、あーしらはブラブラしてるだけっす」

「そうそう。うちら、暇人《ひまじん》なんで」

イエーイとピースし体を揺《ゆ》らしぶつけ合っている仲のいい二人に、ほっこりします。

私が副担任をさせてもらっているクラスの子たちで、つまりはユヅくんの今のクラスメイト。

明るい髪《かみ》や思ったことをはっきり言うところに眉《まゆ》をひそめる先生方もいらっしゃいますけど、彼女たちの明るさに教室が賑《にぎ》やかに照らされていることも私は知っています。

「つか、逆に天《あま》ちゃんはなにしてんの？」

南原《なんばら》さんが首を傾《かし》げたところ、私の手元の荷物に気付いた彼女の瞳《ひとみ》がらんらんと輝《かがや》き出しました。南原《なんばら》さんがそのまま肘《ひじ》で錦戸《にしきど》さんの脇《わき》を突《つつ》く前に、錦戸《にしきど》さんの瞳《ひとみ》にも南原《なんばら》さんのものと同じ類の光がぱっと灯《とも》ります。

彼女たちの嗅覚《きゅうかく》が鋭《するど》いのか、私がただ迂闊《うかつ》なだけなのか。

多分、後者の割合が高いんでしょうね。

かつて、私がまだ彼女たちと同じ年の頃《ころ》には上手《うま》く受け入れられなかった自分の不出来さを、二十歳《はたち》を過ぎると自然に受け入れられるようになっていました。

それを諦《あきら》めと呼ぶのか、成長と呼ぶのかは、分からないまま。

「私は誕生日のプレゼントを選びに」

「ヤッバ。絶対、彼ピに贈《おく》る奴《やつ》だよね、それ」

「いやいや、そこ突《つ》っ込むんかい。超《ちょう》ヤボだかんね」

「天《あま》ちゃんさぁ、誰《だれ》かあーしらにもいい男を紹介《しょうかい》しておくれよぅ」

「南原《なんばら》にはうちがいるから、それでよくない？」

「え？　よくない。男欲しい」

「そういうことをズバッと言うから、お前はモテないんだよ」

「もー、拗《す》ねんなってぇ」

「ふふふ、お二人は本当に仲がいいですね」

南原《なんばら》さんが頰《ほお》にキスをしようと唇《くちびる》を鋭《するど》くさせ、それを必死になって遠ざけようとしている錦戸《にしきど》さんの姿からも親密さが伝わってきます。

ああ、まるでユヅくんと希空《のあ》ちゃんのよう。

「あーしとニッシーは相思そーあいなんで」

「いやいやいやぁ。これ、ただうちが襲《おそ》われてるだけだからぁ。助けてぇ」

「えーっと。じゃあ、私はこれで失礼します」

「天河《あまかわ》先生⁉　ウソでしょ？　あーもー。南原《なんばら》ぁ、離《はな》れろってばぁ」

「ヤダよぅ」

では、と頭を下げてユヅくんたちとの待ち合わせ場所へ向かおうとしたまさにその時でした。

「前言撤回《てっかい》。南原《なんばら》もさっさと彼氏《かれし》作って、ノアみたいにデートにいっちまえ」

足が、床《ゆか》に張りついたみたいに止まってしまったのです。

「あーね。ほんと、そーしたいっすわ。さっきのノアっち、めっちゃ幸せそうだったし」

「腕《うで》にべたーって引っついたりとかしてたしね」

二人の雑談に、ズキンズキンと痛みで心臓が泣き出して。

立《た》ち尽《つ》くし、どこにもいけないでいる私は思わず尋《たず》ねてしまいました。

「希空《のあ》ちゃんに彼氏《かれし》？　デート？　どういうことですか？」

「さっき会ったんですよ。彼氏とデート中のノアに」

「見せつけるようにいちゃついてたのは、羨《うらや》ましいを越えてムカついたけど」

「本当本当。あれ、クラスのノアファンが見たら泣いちゃうって」

「というか、前に学校でも噂《うわさ》になってたから天《あま》ちゃんも聞いてはいるっしょ？」

「希空《のあ》ちゃんとユ——。いえ、東雲《しののめ》くんの噂《うわさ》ですよね？　あれは、デマですよ」

ああ、喉《のど》がやけに渇《かわ》きます。

「二人は付き合ってないです」

だって、ユヅくんの恋人《こいびと》は私だから。

希空《のあ》ちゃんじゃないですから。

「そうなんですか？　デートまでしてたのに？」

「仮にそうでも最早《もはや》時間の問題っしょ。すごくお似合いだったしさ」

「分かる。なんか物語の主人公とヒロインって感じだったよね、東雲《しののめ》さんとノア」

ああ、もう聞きたくなんてない。

気づけば、足の硬直《こうちょく》は解消され逃《に》げるように走り出していました。背後で私を呼ぶ声が、少しずつ遠くなっていきます。

振《ふ》り切《き》るように、速度を上げる。

ズキンズキン。

心臓が痛い。

ズキンズキン。

頭が痛いです。

ズキンズキン。

鼻の奥がツンとして、気持ちが悪い。

耳を塞《ふさ》いで、もがいて、逃《に》げて。

それでも、視界は狭《せま》く歪《ゆが》んでいくばかり。

どうしてこんなにも不安なんでしょう、なんて。

本当は自分でも分かっているくせに、滑稽《こっけい》ですね。

今の私とユヅくんは、お似合いの二人ではないということ。

今はもう、希空《のあ》ちゃんとユヅくんの二人の方がお似合いに見えてしまうということ。

誰《だれ》かに指摘《してき》されなくても、私だってとっくに分かっていたんです。

分かっていても諦《あきら》めきれませんでした。

だから私は、現実から目を逸《そ》らすことに必死になりました。そのくせ、ユヅくんには現実を見るように仕向けて。ユヅくんが変わってしまった私を見たくないことを知っていたのに、それでも成長した私を受け入れてほしくて。
彼の気持ちを考えたら、まだ待つべきだったのに焦《あせ》って。
最低だ、私。
でも、でも、それでもですね。
どうしようもなく、あなたが好きなんです。
他の誰《だれ》かになんて譲《ゆず》りたくないんです。
なのに、ああ、これは天罰《てんばつ》でしょうか。
私がユヅくんの気持ちを考えなかったから、神様はこんな意地悪をしたんでしょうか？
待ち合わせ場所に先に着いていたらしい二人は、私には気づかず談笑《だんしょう》していました。

——そして、私は彼を失うことになる。

☆　☆　☆

兄さんが姉さんへのプレゼントに選んだのは、ロイヤルブルーを基調に淡《あわ》い黄色や緑や青色のラメを使って夜空を表現したデザインの万年筆だった。
一時間以上も時間をかけ、十数店舗《てんぽ》を歩いて回った兄さんは、文具店の小さなショーケースに並んでいた一本に一目ぼれしたらしい。

「これなら学校でも使えるしさ、喜んでもらえるんじゃないかって思って」

店員さんにプレゼント包装を頼《たの》んでいる待ち時間に、言い訳のようにそんなことを言う。

別に否定なんてしないのにな。

値段もギリギリ予算内だし、実際、姉さんの好みにも合っていると思う。

「いいんじゃない？　じゃあ、わたしからの姉さんへのプレゼントはインクにしようっと」

「インク？」

「兄さん、そこまで考えてなかったでしょう。ボールペンじゃないんだから、インクも買わないとすぐに使えないじゃない」

「そりゃそうか。全く考えてなかった。希空《のあ》についてきてもらって正解だったな」

「現金だなぁ。全く」

インクの色は兄さんと相談して、万年筆のデザインにも合っている深い青色のものにした。

光の当たる角度やインクの濃《こ》さによって黒にも紺《こん》にも青にも見えるそのインクで文字を紡《つむ》げば、きっと夜空を流し込んだような文字が手元に現れるはず。

いくつかある候補の中から、アンティーク調の香水瓶《こうすいびん》を思わせるインク瓶《びん》のものをセレクト。

その後は、兄さんへプレゼントする用の目覚まし時計を買いに。

デザインだけは好きなものを選ばせてあげる。

そして集合場所に戻《もど》ってきても、まだ姉さんの姿はなかった。

時間は五分くらい残ってるから、ギリギリまで粘《ねば》っているのかもしれない。

近くにあった休憩《きゅうけい》用のベンチに、兄さんと並んで腰《こし》を下ろして待つことにした。

「あー、つっかれたぁ」

「そう？　わたしは久しぶりで楽しかったな」

「なんだ、俺が眠《ねむ》っている間はしなかったのか」

「もちろん、プレゼントはあげてたしもらってたけどね。でも、こんな風に悩《なや》みに悩《なや》んで真剣《しんけん》に買い物にいくことは流石《さすが》になかったよ」

「まあ、俺も楽し――。って、あれ？」

そこで、急に兄さんが固まった。

どうしたの、と覗《のぞ》き込むと少しだけ顔色が青くなっている。

「俺、七年前は千慳になにをプレゼントしたんだっけ？」

声は、震《ふる》えていた。

「なんだ、これ」

「兄さん？」

「どうしてだ？　思い出そうとしてるのに、七年前のことが思い出せないんだ」

声の振動《しんどう》が伝染《でんせん》していくかのように体も震《ふる》え出し、ガタガタと寒さに耐《た》えているみたいに兄さんはきつくきつく自身の体を抱《だ》きしめていた。

近くに雷《かみなり》が落ちたらしく、すごい音が響《ひび》く。

強い風がうねりをあげ、窓の外では雨が横なぐりに降り注いでいる。

周りのお客さんたちもざわざわと慌《あわ》てていた。

ざわざわという音に胸《むね》の奥が掻《か》き立《た》てられた。


――ドクン。

心臓が雷《かみなり》に負けないくらい強く鳴って、わたしはついにその時がきてしまったことを悟《さと》った。

☆

「俺、七年前は千惺になにをプレゼントしたんだっけ？」

自分で呟《つぶや》いたはずの声が、どこか遠くから他人のような声色《こわいろ》で聞こえた。そのくせ、それ以外の音は全て遮断《しゃだん》されていて。

無音の世界に、疑問だけが雨のように降って弾《はじ》けて広がっていく。

「なんだ、これ」

「兄さん？」

「どうしてだ？　思い出そうとしてるのに、七年前のことが思い出せないんだ」

おかしくないか？　俺が眠《ねむ》りについたのが七年前の七夕の夜だというなら、いつも通り千惺《ちせ》の為《ため》にプレゼントを用意していたはずだ、でも。

渡《わた》した記憶《きおく》も、もらった記憶《きおく》だって。

それより前の、八年前の記憶《きおく》はあるっていうのに。

待て、待て待て待て待て。落ち着いて考えろ。ええっと確か。ああ、そうだ。七年前は、千惺《ちせ》からお願いされたんだっけ。

今年の誕生日プレゼントは欲《ほ》しいものがあるからリクエストさせてもらえないか、と。

でも、結局、誕生日である七月七日になってもなにが欲《ほ》しいのかを教えてもらえなくて。

それから——。

頭の中が消しゴムをかけられたみたいに白くて、なにも思い出せない。

体が震《ふる》えて、急に心細くなって思わず近くにあった希空《のあ》の腕《うで》を縋《すが》るように握《にぎ》ってしまう。痛っ、という彼女の悲鳴に慌《あわ》てて手を放《はな》す。手の中には、細くて柔《やわ》い女性の腕《うで》の感触《かんしょく》が強く残っていた。そうして、ようやく自分が咄嗟《とっさ》に誰《なに》を傷《し》つけ《た》たのかに気づくというありさまだ。

情けない。ほんと、情けねぇよ。

「痛かったよな。ごめんな」

「ううん、いいよ。それより」

未《いま》だ震《ふる》え続けている手の上に、希空《のあ》の手が重なった。

そのまま、ぎゅっと抱《だ》きしめられる。

柔《やわ》らかい彼女の体温に、混乱する心が少しだけ落ち着きを取《と》り戻《もど》していくようだった。

「兄さんもついに気づいちゃったか」

「希空《のあ》？」

「わたしの方こそごめんだよ。本当はわたし、知ってたの。兄さんがうらしまシンドロームの影響《えいきょう》で七年前にあった星逢《ほしあい》祭りのことを忘れてるってさ」

「え？」

「知ってて、黙《だま》ってた」

彼女はまるで、悪戯《いたずら》がバレた子供みたいな顔をしていた。

「なんでだ？」

「使えるって思ったから」

その瞬間《しゅんかん》だった。

背後で、荷物の落ちる音がした。

それを契機《けいき》に世界は完全に音を取《と》り戻《もど》し、激しい雨音が俺と希空《のあ》の二人だけだった世界を破っていく。

何度目かの雷《かみなり》に三つ目の影《かげ》が長く伸《の》びて、寄り添う二人に忍びより。

「ユヅくん？」

影《かげ》は、千惺《ちせ》の形をしていた。

手にはちっとも力が入ってなくてブラブラと揺《ゆ》れ、足元には綺麗《きれい》にラッピングされている荷物が潰《つぶ》れたように転がっていて。

なのに、そんなことにすら気づいていない感じで千惺《ちせ》は呆然《ぼうぜん》としていて。

俺と同じくらい表情を歪《ゆが》めた彼女は、俺が声をかけるより先にこう言った。

「なにをしているんですか？」

ああ、俺はなにかを間違《まちが》えたらしい。

不意に、心臓が強く痛んだ。

それは大切なものが壊《こわ》れる時に伴《ともな》う痛みに、とてもよく似ていた。

☆　☆

待ち合わせ場所に先に着いていたらしいユヅくんと希空《のあ》ちゃんの距離《きより》がすごく近かった。

心も、体も。

ユヅくんを抱《だ》きしめている希空《のあ》ちゃんは南原《なんばら》さんが言ったように〝すごくお似合い〟で、錦戸《にしきど》さんが口にしたように〝主人公《ひこぼし》とヒロイン《おりひめ》〟のようで――。

どうして希空《のあ》ちゃんがそこにいるんですか？

どうして希空《のあ》ちゃんがユヅくんを抱《だ》きしめているんですか？

そこは、ユヅくんの隣《となり》は、私の、私だけの特等席のはずなのに。

ユヅくん？　と名前を呼ぶと彼が振《ふ》り返《かえ》ってくれました。

目と目が合っているのに、ユヅくんの考えが分かりません。

こんなこと、七年前には一度もなかったのに。

「なにをしているんですか？」

分からなくて分からないから、分かりたいと思うから、私はちゃんと言葉にして尋《たず》ねました。

たくさんの想《おも》いを、そんな短い一言に込《こ》めて。

「なにって。どうして、千惺《ちせ》が怒《おこ》ってるんだ？」

青い顔をしたユヅくんがベンチから立ち上がると、倣《なら》うように希空《のあ》ちゃんもまた彼の隣《となり》に立ち並びます。たったそれだけのことすら許せないと思ってしまう私はきっと、もう壊《こわ》れてる。

「そんなことも分からないんですか？　ユヅくんが私を裏切るからじゃないですか」

「裏切ってなんかないだろ。ちょっと待てって。おかしいぞ、お前。急にどうした」

「おかしいのはユヅくんの方です。最近のユヅくんは希空《のあ》ちゃんとばかりいます。私とはちっともいてくれないし、一緒《いっしょ》にいても辛《つら》そうな顔をしているのに、希空《のあ》ちゃんと一緒《いっしょ》だと笑ってます。おかしいじゃないですか。どうして、私じゃ駄目《だめ》なんですか」

ああ。どうして私、こんなこと。

嫌《いや》だ。

言いたくない。

傷つけたくない。

可愛《かわい》くない私なんて見ないでほしい。

なのに、止まりません。私という器《うつわ》の底から醜《みにく》い感情がどんどん溢《あふ》れてきて、どれだけ必死に止めようとしても勢いは増していくばかりなのです。

どうして、どうして、どうして。

いつもはちゃんと我慢できていたはずなのに。

「待って、姉さん。兄さんは本当に裏切ってなんか――」

「希空《のあ》ちゃんも希空《のあ》ちゃんです。なんでですか。どうしてユヅくんを私から奪《うば》うようなことをするんです。ユヅくんは、私のなのに」

「千惺《ちせ》っ。希空《のあ》にまで当たるのはやめろ」

ユヅくんにこんな強い声でなにかを言われるのは初めてで。

けれど、それは一層、私の血を沸騰《ふっとう》させるだけの燃料にしかならなくて。

「どうしてなんですかっ。ユヅくんは、どうして希空《のあ》ちゃんの味方をするんですか。どうして、私の味方をしてくれないの。今の私はそんなに嫌《きら》いですか。今の私じゃ駄目《だめ》ですかっ」

分かりません。

分かりません。

分からない、よぅ。ユヅくんの言っていることが、なにひとつ。ユヅくんの気持ちが、本当に本当に分からないんです。

「落ち着けって」

「落ち着いていられないです」

「頼《たの》むよ。俺だって今、混乱していて──」

その時でした。

意を決したように、希空《のあ》ちゃんがユヅくんを私から遠ざけこう言ったのです。

「ごめんなさい、姉さん。今年だけはわたしに兄さんを独《ひと》り占《じ》めさせて。とっても大切な用事があるの」

それはまだ十歳だった彼女に、十七歳の私が告げた言《せん》葉《せんふこく》でした。

だから、その言葉が意味するところを、私も、それから希空《のあ》ちゃんだって知っていて。

「今年の星逢《ほしあい》祭り、兄さんはわたしと二人きりで参加するから」

「は？　おい、希空《のあ》まで急になにを言い出──」

「本当なんですか？」

ユヅくんはすぐに否定してくれると思っていたのに、けれど現実にはなりませんでした。

「いや、本当というか。その、迷ってる」

「迷ってる？　どうして？」

「どうしてって。それは」

「私との約束はどうなったんですか？」

『次の星逢《ほしあい》祭りもまた二人で一緒《いっしょ》にいこうね』って交《か》わした約束はどうなったんですか？

私と一緒《いっしょ》にいこうと約束したお祭りに、別の女の子といくんですか？

私じゃなくて、希空《のあ》ちゃんを選ぶの？

「約束？」

ユヅくんが首を傾《かし》げています。

嘘《うそ》とかじゃなく、演技でもなく、本当に分からなくて困ってる風。

「え？」

「悪い。約束ってなんだ？」

胸がひゅんとなって、すぐにずくんと痛みました。

まるで肌《はだ》にゆっくりとナイフの先が刺《さ》さっていくかのよう。痛みは永遠で、心から温かくて粘度《ねんど》の強い血がボタボタと零《こぼ》れ落《お》ちていきます。

代わりに体温が失われていくから、ひどく寒いです。

「じゃあじゃあ、あのですね。あのね」

震《ふる》える心を抱《だ》きしめて、バラバラになりそうな想《おも》いをかき集めて、か細い声で言葉《つづき》を紡《つむ》ぐ。

「私たちの関係ってなんですか？　答えて、ください」

「……ずっとずっとなにがあっても変わらない大切な幼馴染だよ。そうだろ？」

瞬間《しゅんかん》、全てが壊《こわ》れる音がしました。

今日まで私を支えてくれていたものは、全部虚像《きょぞう》だったようです。

もう耐《た》えられません。

立っていられない。

「そう、ですか。分かりました。あ、あははは。幼馴染《おさななじみ》。幼馴染《おさななじみ》かぁ。私はユヅくんにとっては今でもただの幼馴染なんですね。勘違《かんちが》いしてました」

ああ、胸が熱い。

目が熱い。

視界が歪《ゆが》む。

もう少しだけ待って、涙《なみだ》。

せめてもう少しだけ待ってください。

お願いです、あと少しだけ。

これ以上は、ユヅくんに可愛《かわい》くない顔を見せたくないんです。

「なあ、千慢《ちせ》。本当にどうしたんだよ」

「あ、あのっ、すみません。これから私、また学校に戻《もど》らなくちゃいけない用事を思い出してしまって。すぐにいかなくちゃいけないんです。なので、今日はここで解散させてください」

最後ににっこり笑って、ようやくユヅくんから顔を隠《かく》すように振《ふ》り向《む》けました。途端《とたん》にずっと我慢《がまん》していた涙《なみだ》がひと息に溢《あふ》れて、悲しみで溺《おぼ》れそうになってしまいます。

ポロポロと、砕《くだ》け散《ち》った恋心《こいごころ》が頰《ほお》をなぞって流れていく。

視界の端《はし》に映っていたのはさっきの啖呵《たんか》で力を使い果たしたのか、俯《うつむ》いている可愛《かわい》い妹の姿。

でも、私の脳裏《のうり》に残っているのは、大好きな男の子の困惑《こんわく》した顔だけです。

天窓が、また強く光りました。

続いて大きな雷《かみなり》の音が響《ひび》いて、それに導かれるように雨脚《あまあし》は強くなっていくばかり。

ちょうどいいです。

きっと、この雨が世界から私の悲しみを隠《かく》してくれる。

ひとたび濡《ぬ》れてしまえばもう、雨なのか涙《なみだ》なのか、私以外には分からないでしょう。

「千惺《ちせ》、お前」

「さようなら」

小さく零《こぼ》した声を最後に、私は彼宛《かれあ》てにめいっぱいの心《きもち》と一緒《いっしょ》にラッピングしてもらったプレゼントを拾いエスカレーターを目指して走り出しました。

すれ違《ちが》う人たちが涙《なみだ》を流し続ける私を見ていましたが、今は気にしてなんていられません。

悲しくて、切なくて、苦しくて。

私の絶望でこのまま世界が壊《こわ》れてしまえばいいのに、なんてそんなことを願わずにはいられ

ないくらい胸がとても痛いんです。

そして、その涙《なみだ》をいつも拭《ぬぐ》ってくれていた男の子はもう私の隣《となり》にいない。

☆

多分、千惺《ちせ》は泣いていた。なんてな。

多分、という言葉で彼女《ちせ》じゃなく自分の心を守ろうとする醜悪《しゅうあく》さに吐《は》き気《け》がする。

自分が泣かせたんだということは分かっているのに、なにが理由で泣かせたのかが分からない。分からないから、追いかけることもできずにいる。

下手な優《やさ》しさは、抜身《ぬきみ》の凶器《きょうき》と同じだ。

どこが刃《やいば》なのかを知らず近づき抱《だ》きしめようとしたら、きっともっと傷つけてしまう。

ただただ千惺《ちせ》の後ろ姿を見送るだけしかできない俺に、希空《のあ》が言った。

俯《うつむ》いたまま床《ゆか》に向けられて放たれた声は、少し擦《かす》れてくぐもって聞こえた。

「兄さんは、色々とわたしに聞きたいことがあるんじゃない？」

「答えてくれるか？」

「姉さんが告げた約束の意味。姉さんと対《つい》になるミサンガの持ち主。そういうのを含めた兄さんが忘れている記憶《きおく》を全部教えてあげるから、わたしと一緒《いっしょ》に星逢《ほしあい》祭りに参加してほしい、なんて言い方は卑怯《ひきょう》かな」

力ないその質問に、俺はやっぱり即答《そくとう》できなかった。

だって希空《のあ》がどうして俺の記憶を隠していたのかを、知らないから。

けど、それら全てを俺が知らなくちゃいけないってことだけは確かで。

雨音ばかりが、激しくなっていく。

それでもちゃんと希空《のあ》に届くように、はっきり告げた。

「いいぞ、デートするか」

「本当に？」

「なんだよ、お前が誘《さそ》ってきたことだろ？」

「そうなんだけどさ」

「ちょっとは嬉《うれ》しそうな顔しろって」

「したいよ、本当はめ〜っちゃしたい。でも、兄さん乗り気じゃなかったし。かなりズルしちゃったし。……こんなはずじゃなかったんだけどな。もっと上手《うま》くやれると思ってた」

「乗り気じゃなかったわけじゃない。ただ、俺には俺の事情があったんだよ」

「事情ってなに？　それ、わたし、知らない」

「いいよ、知らなくて」

「ヤ〜だ。兄さんのことで知らないことがあるのは気持ち悪い」

ようやく顔を上げ唇《くちびる》を尖《とが》らせる希空《のあ》は、空元気が出せる程度には回復したようだった。もしかしたら、俺の為《ため》に無理くりそうしてくれたのかもしれないけれどほっとした。

救われたんだ。

千惺《ちせ》を泣かせ、希空《のあ》にまで暗い顔をさせてしまったらもう、俺はどうしようもないから。

「ほら、今日は帰ろうぜ」

「そだね。映画はまた今度ね」

「千惺《ちせ》も一緒《いっしょ》に見れるといいな」

「どうかなぁ。姉さんとわたし、その辺の趣味《しゅみ》が逆だから。男の趣味《しゅみ》は一緒《いっしょ》なのにさ」

「たまには付き合ってやれよ」

「兄さんはす～ぐ姉さんの味方するんだもんな。でも、そうだね。映画くらいはわたしが折れてあげようかな。ほんと、わたしが言えた義理じゃないけどまた三人でこれたらいいね」

それからのことを少しだけ。

千惺《ちせ》は俺や希空《のあ》と学校なんかで顔を合わせても、ただ時間が過ぎていくことだけを祈《いの》るように沈黙《ちんもく》の日々を続けていた。家にも帰ってこなくて、同僚《どうりょう》や友達のところとかホテルに泊《と》まったりなんかを繰《く》り返《かえ》しているらしい。

そして拗《こじ》れに拗《こじ》れた俺たちの関係はそのままに、星逢《うんめい》祭りの夜がやってきた。

第四話　今、恋をしている。

☆　☆

七月七日は、私とユヅくんだけじゃなくこの町の住人全員にとって特別な日です。

生徒たちも朝から気もそぞろで、授業中だというのにちっとも落ち着きがありません。

「皆《みな》さん、今日の授業は午前中だけなので頑張《がんば》りましょう」

宇宙の誕生についての記述を書き写していると、黒板とチョークの先がぶつかって、カツカツと硬《かた》い音が響《ひび》きます。

粉砕《ふんさい》されて小さくなった欠片《かけら》がパラパラと降る様子は、季節外れの雪のよう。

「はいはい、今日は集中無理でーす」

「それな。すでに祭り気分だもん。教室だって飾り付けされてるし」

「半休なんてケチくさいことしなくてさ、全休にしてくれたらいーのにな」

同じような制服を着て同じような生活をしている中にも個性という違《ちが》いが確かにあって、私と目が合うと視線を逸《そ》らす子がいる一方、自分から手を挙げて注目を集める子もいます。

ああ、でもソワソワワクワクしているのはみんな一緒《いっしょ》ですね。

かつての私だってそうでした。

お祭りが待ちきれなくて、隣《となり》の席に座る男の子の方を見ては目が合ったりしていたものです。

目が合ったということは、彼もこちらを見ていたというわけで。

男の子は、いえ、ユヅくんは少しだけ照れたようにはにかんでいましたっけ。

「というか、天河《あまかわ》先生だって授業の気分じゃないっしょ？」

「え？」

「もう授業終わりっすよ。ほら、やっぱり気づいてなかった」

同時に、生徒たちを机から解放する合図《チャイム》が鳴《な》り響《ひび》きました。

誰《だれ》もいない廊下《ろうか》に、開け放たれた窓の向こうに、昔と変わらない音が広がり消える。

「にひひひ。センセーも彼氏《かれし》とのデートで頭いっぱいにしてんじゃね？」

「うっそ。天《あま》ちゃん彼氏《かれし》いんの？　その辺、詳《くわ》しく――」

「ええっと。では、今日の授業はこれで終わります」

委員長の子の「きりーつ、礼」という号令で、本当に授業は終わり。

私は黒板を綺麗《きれい》にして、教科書を手に教室から出ていきました。

チャイムに救われたのは、もしかしたら私の方なのかもしれませんね。

あのまま授業を続けていたら、手首のミサンガにまで話が飛び火していったでしょうから。

七年前にユヅくんと一緒《いっしょ》にもらったミサンガを、利《き》き手《て》である左手首に私は巻いています。

ミサンガはつける場所によって意味が変わり、たとえば利《き》き足の足首だと勝負運。利《き》き足とは逆の足首は金運の向上に繋《つな》がると言われています。

そして、利《き》き手首の意味は恋愛《れんあい》。

だから、星逢《ほしあい》祭りのミサンガは基本的に利《き》き手《て》の手首に結《ゆ》われていることが多いのです。私の左手首は、ずっとずっとユヅくんのものでした。

今でも昨日のように思い出すことができます。

七年前の、星逢《ほしあい》祭りの夜のこと。

例年通り浴衣《ゆかた》に着替《きが》えたユヅくんは、家の前で私たち姉妹《しまい》を待ってくれていました。

「こんばんは、ユヅくん」

「おう、千惺《ちせ》。今年の浴衣《ゆかた》もよく似合ってるな」

普通《ふつう》の男の子なら照れて躊躇《ちゆうちよ》してしまうような言葉も、『女の子が着飾《きかざ》ってる時はちゃんと褒《ほ》めろ』と我が家《や》のお父さんに厳しくしつけられてきた彼は当たり前のように口にします。

それがでも、すごく嬉《うれ》しいんです。

「えへへ。ありがとうございます。ユヅくんもとっても格好いいですよ」

「サンキュ。んで、希空《のあ》は？」

「……希空《のあ》ちゃんはきません。私がお願いしたんです。今夜だけは二人きりにしてほしいって。お願いします。今年の誕生日プレゼントに、私と二人でデートしてくれませんか？」

十七回目の、誕生日プレゼントに私が幼馴染《おさななじみ》の男の子に強請《ねだ》ったのは、高級なバッグでも流《は》行《や》りの化粧品《けしょう》でもなく、特別な日の特別なデートでした。

その日、私は彼と結ばれることを祈《いの》ったのです。

吐《は》いた声は冬に咲《さ》く白い花《いき》よりも熱くて、言葉に触《ふ》れた唇《くちびる》が火傷《やけど》しそうなほどでした。

「そっか。まあ、なんだ。じゃあ、今年は二人でいくか」

「はい」

それから、星逢《ほしあい》祭りに参加して。

運営委員会が用意していたいくつかのイベントをクリアして。

想《おも》いを交《か》わし、恋人《こいびと》になって。

短冊《たんざく》に願いミサンガに込《こ》めた祈《いの》りは、彦星《ひこぼし》と織姫《おりひめ》が見ている前で誓《ちか》いへ変えました。

〝夜空に瞬《またた》く星たちに比べると短い永遠だけど、その日々を最後まで隣《となり》で笑い、泣き、怒《おこ》り、一緒《いっしょ》に生きよう。繋《つな》いだ手を離《はな》さずに、ずっとずっと一緒《いっしょ》にいよう〟

星に願いを、あなたに恋《こい》を――。

彼が当たり前に差し出してくれた手を、当たり前に握《にぎ》れていたあの頃《ころ》。

『ねえ、ユヅくん。あなたが好きです』

震《ふる》える手をきゅっと握《にぎ》って、震《ふる》える声で、それでもきちんと彼に向き合ってその言葉を紡《つむ》いだ七年前の勇気が、二十四歳になった私にはありません。

最初で最後になったキスの感触《かんしょく》も温《ぬく》もりも全てが遠い。

今はもう、隣《となり》に彼の姿だってない。

繋《つな》いだ手は離《はな》れてしまいました。

意味を失ったボロボロのミサンガだけがまだ、私の心をあの夜に縛《しば》りつけています。

☆

午前の半日授業が終わり、すっかり日常になった希空《のあ》と歩く家路。

かつて俺の隣《となり》にいた女の子に似ていて、でも全然タイプの違《ちが》う希空《のあ》とこうしていることに、もう違和感《いわかん》はほとんどない。

人は慣れていく生き物だから。

苦しみも悲しみも痛みや喪失《そうしつ》さえ、時間の中で緩《ゆる》やかに心へ溶《と》かしてしまう。

例年より幾分《いくぶん》早い梅雨明《つゆあ》け宣言があったその日、空には雲の一つすら浮《う》かんでいなかった。

きっと今晩は、たくさんの星々をはっきり見渡《みわた》せるだろう。

「兄さん、今日は夕方の六時半に駅前に集合でいいよね」

「ああ、それでいいぞ」

「楽しみだなぁ」

希空《のあ》の弾《はず》んだ声が、夏の青に響《ひび》いていく。

空気が、心が、希空《のあ》と同じ色に染まっていく。

「そだ。忘れないうちにプレゼント渡《わた》しておくね。二回目の十七歳の誕生日おめでとう」

綺麗《きれい》に包装し直されていた箱の中身は、一緒《いっしょ》に選んだわけだから知っている。

希空《のあ》のボイス入り目覚まし時計だ。

「なにを吹《ふ》き込んだんだ？」

「聞いてからのお楽しみ～。まぁ、普《ふ》通《つう》に目覚ましの音頭《おんど》なんだけどさ。起きろ～ってね」

「ありがとな。……もう千愰《ちせ》にもプレゼント渡《わた》したのか？」

ん～ん、と希空《のあ》が首を横に振《ふ》る。

「そっちはまだ。だって、避《さ》けられてるし」

「希空《のあ》もか。俺もなんだよな」

「まあ、兄さんは大丈夫《だいじょうぶ》じゃない？　今日のお祭りが終わったら、仲直りできると思う。事情をちゃんと話せば分かってもらえるよ。わたしは、どうかな。すぐには許してもらえないかもなぁ。……全部、覚悟《かくご》の上だけどさ。ちょっとだけ辛《つら》いかも、なんて」

そう口にした希空《のあ》の顔はひどく真剣《しんけん》で、それ以上、踏《ふ》み込むのを躊躇《ちゅうちょ》してしまう。

そんなこんなで家に帰り着き、一旦《いったん》解散になった。

俺は特にやることはないんだが、希空《のあ》は夜の分の水泳の練習をしたり、着替《きが》えたり化粧《けしょう》したりと忙《いそが》しいらしい。

もらったばかりの目覚まし時計は、ベッドの脇《わき》に置いておくことにした。

希空《のあ》がなんて吹《ふ》き込んだのか試《ため》しに聞いてみようかとも思ったけれど、そもそもの役目が目覚まし時計なのだから大人しく朝の楽しみに取っておくべきだろう。

明日は土曜日でつまりは休日なので、遅めの九時にセット。

そのまま横になっていると、睡魔《すいま》がちょこんと隣《となり》にやってきた。そいつは俺が振《ふ》り向《む》くとにっこり笑った後、ぐわっと大きく口を開けひと息に俺の意識を呑《の》み込んだ。

反撃《はんげき》する暇《ひま》さえない。

ここ最近きちんと眠《ねむ》れてなかったこともあり、俺はすぐに夢の窯《かま》へ転がり落ちてしまった。

☆　☆　☆

一年中塩素の匂《にお》いで満ちているスクールの温水プールを泳いでいく。

水面に指を切り入れることで生まれた空間に、体を滑《すべ》り込ませる。

その為《ため》の推進力をキックで手に入れ、一秒前より少しでも先へ。

「はっ、はっ、はっ」

泳いで泳いで、前にそびえる限界の壁《かべ》をいくつか越《こ》え続けていると、呼吸とか体の内側を流れている血液をいつもより近くに感じられて、ちゃんと生きてるって思える。

次第《しだい》に体が熱を持ち、自分と世界《みず》との境界がはっきり分かるっていうか。

五十メートルを二十本ほど泳いで休憩《きゅうけい》を兼《か》ねぷかぷか浮《う》かんでいると、水着姿の遙海《はるか》の顔がにゅっといきなり視界いっぱいに飛び込んできた。

ああ、なんて色気のない競泳水着かしらん。

もちろん、わたしも人のことは言えないんだけど。

一度水に潜《もぐ》って、今度はきちんと両足で立つ。

「希空《のあ》さ、なにしてんの？」

「なにって、日課のトレーニング。夜はお祭りで泳げないからさ、今のうちに」

「今日は結弦《ゆづる》にいやんとデートなんでしょ」

「ふへへへ。まぁねん」

「随分《ずいぶん》、余裕《よゆう》じゃん。準備とかしないでいいわけ？」

「するよ。練習が終わったら、少しだけお化粧《けしょう》して浴衣《ゆかた》に着替《きが》える」

ふーん、と気の抜《ぬ》けた返事。

遙海《はるか》は水の中を歩いていくようだったから、わたしもそれに付き合うことにした。

手を繋《つな》ぎ、水を掻《か》き分《わ》け、反対岸までゆっくりゆっくり進んでいく。

「希空《のあ》のことだから、念入りに準備するもんだと思ってたけど」

「こういうのはね。変に気合入れるよりも、いつもとちょっと違《ちが》うなくらいでいいの」

「でも、そうっていうもんすか」

「ええ、そういうものです。それより、わたしはこの落ち着かない心臓をどうにかしたい。でないと、兄さんの顔もまともに見れないままになりそう」

心臓の鼓動《こどう》は一秒前より強くて、寿命《じゅみょう》をゴリゴリに削《けず》っていってるっしょ、これ、ってくらい激しく痛むように鳴っていた。練習で何十キロ泳いだ時も、試合で全力で泳いだ後にだって、これほどまでの熱も痛みも感じたことはなかったのに。

「それはたった今、泳いだからじゃないん？」

「違《ちが》うって。ほら」

繋《つな》いでいた遙海《はるか》の手を取って、そのままわたしの胸元《むなもと》に持っていくと、「うえええっ」と彼女が悲鳴をあげた。人の胸をほとんど直《じか》で触《さわ》っておいて——自分から強引《ごういん》に触《さわ》らせたわけなんだけど——悲鳴をあげるとは失礼じゃない？

これが兄さんだったなら罰金《ばっきん》ものだ。

ちなみに、兄さん以外の男には触《さわ》らせるつもりも予定も今のところございません。

「な、ななな、なにしてんの」

「いや、わたしがどれだけ緊張《きんちょう》してるのかを分かち合おうと思って」

「公共の場じゃぞ。もうちょっと弁《わきま》えんかいっ」

がばっと頭を摑《つか》まれてそのまま水に沈《しず》められたから、ちょっとびっくりした。

いや、待って。苦しい。鼻に水が入ったみたいで気持ち悪い。

ギブギブギ、ぶくぶくぶく。

そのまま体感で三十秒くらい沈《しず》んでいるとふっと圧力がなくなって、ようやく顔を出せた。

「ぷはぁ。はあはあはあ。死ぬかと思った」

「んな、大げさな」

「いや、大げさじゃないって。あ、でもなんかさっきより落ち着いてきた。なんでだろ？」

「死にかけて覚悟《かくご》が決まったんじゃね？」

「なるほど。ありがと」

「頭を沈《しず》めて礼を言われるとは思わんかった。でも、希空《のあ》の魅力《みりょく》って結局、そういうところにあるんだろうね」

「ん〜、なんか言った？」

「いいや、なんにも。にしても、まさか本当にデートにまで持ち込むとはねぇ。やるじゃん」

「実は、わたしもびっくりしてる」

もちろん、勝算がなかったわけじゃない。

それでも兄さんと姉さんの絆《きずな》は相当に堅固で、運命だって強固で、勝率が高かったわけじゃなかったのも事実で。

ただ、同時にいつからか期待するようにはなっていたけど。

わたしを映す兄さんの瞳《ひとみ》の中に、かつてわたしが憧《あこが》れた光《きもち》が滲《にじ》んでいるのが見えたから。

ふとした時、姉さんを見るような優《やさ》しい目でわたしを見ていることがあったから。

「でも、ここがゴールじゃないんでしょ？」

「まあね。姉さんは強いから、これでようやく肩《かた》を並べられそうってだけ。わたしのスタンスは変わってないよ。チャレンジャーのまま。少しの油断も許されない」

謙遜《けんそん》でもなんでもなく、実はまだ姉さんに比べるとわたしの方が戦況が悪い。

だからこそ、今日のデートが一つの天王山《しょうぶどころ》なわけである。

どれだけ兄さんの心の比重をわたし側に持ってこれるかで、わたしの未来が決まるのだ。

「よかった。希空《のあ》がらしいままで」

「うん？　どういうこと？」

首を傾《かし》げると、遙海《はるか》が白い歯を剝《む》き出《だ》しにして笑った。

「最近、千惺《ちせ》ねえやんと学校で顔を合わせてもろくに話してなかったっしょ？　そういうの見て、あたしはさ。なんか違《ちが》うな、嫌《いや》だなって思ってたわけさ。恋をしただけで、どうして好きだった人と険悪にならなきゃいかんのか、ってね。でも、今の話を聞いて納得《なっとく》したところがあって。あんたは全力で恋《こい》にぶつかる為《ため》に、あえてねえやんを避《さ》けてただけなんだよね？」

嫌《きら》いになったわけじゃないんでしょ、と遙海《はるか》が鼻先をつんつんと突《つつ》いてくる。

わたしは鼻を押さえて、遙海《はるか》と同じように笑う。

実際は、こっちが避けられてるんだけどね。まぁ、どっちにしても。

「嫌《きら》いになるわけないじゃん。なにがあっても、わたしは姉さんのことが好きだよ。それは昔も今も、これからだって変わらない。でも、馴《な》れ合《あ》いたいわけじゃないの。戦わなくちゃいけない時は全力で戦う。でないと、終わった後に気持ちよく握手《あくしゅ》できないでしょ？」

わたしが勝っても、負けても、この亀裂《きれつ》は長い間、尾《お》を引くかもしんないけど。

泣いたり、泣かせたりもするかもだけど。

わたしたちは姉妹《しまい》だから、全力で戦った後ならお互《たが》いの健闘《けんとう》を讃《たた》えて、いつかちゃんと笑い話に変えられるようになると思うんだ。

むしろ、全てが終わった後に笑えない戦いなんてやるもんじゃない。

戦争とかね。

「うん。いいんでない？　喧嘩《けんか》するほど仲がいいっていうし。よっし。じゃあ、あたしともひと勝負しよっか。フリーで百メートル」

「いいよ。だけど、もう時間ないから一本だけね。この後、浴衣《ゆかた》の着つけを予約してるんだ」

「どこが『いつもとちょっと違《ちが》うなくらい』なわけ？　ゴリッゴリッに武装するんじゃん」

「当たり前。喧嘩《けんか》するんだから、完璧で最強に可愛《かわい》いわたしでいかないとね」

「ほんと、希空《のあ》らしいね」

先にプールサイドに上がった遙海《はるか》が、わたしに手を差し出してくれる。

その手を取って、わたしもプールから抜《ぬ》け出《で》た。

強い照明の光が、水面の波紋《はもん》によって砕《くだ》かれ小さな粒《つぶ》となって揺《ゆ》れている。

プールサイドをひたひたと素足《すあし》で歩くと、水滴《すいてき》が黒い足跡《あしあと》を作っていく。生まれたばかりの幼い足跡《あしあと》は雪と同じくらい儚《はかな》くて、数秒もすれば乾《かわ》いて消えてしまう。

わたしは第五コースに立った。

遙海《はるか》は隣《となり》の第四コース。

「負けた方が勝った方にジュース一本」

「乗った。あ、コーチ。今から遙海《はるか》と勝負するんで合図してもらっていいですか？」

大声で尋《たず》ねると、グッと親指を立てた了承《りようしよう》の合図が返ってくる。

勝負前の、体の芯《しん》が冷えていく緊張《きんちよう》感に息を呑《の》む。

逆に皮膚《ひふ》だけはチリチリと熱を持ち、乾《かわ》いていくのを感じた。

「Take your marks《ヨーイ》」

コーチの声で静寂《せいじやく》が切《き》り裂《さ》かれ、臨戦態勢へ。

ふ～っと深く息を吐《は》き、スタート台の上で体を丸める。

弓のようにキリキリ体をしならせていく。

さぁ、いこう。勝負だ。

最後にホイッスルの音が鼓動《こどう》に重なって、わたしは誰《だれ》より早く戦場《プール》へ飛び込んだ。

☆

目が覚めると、夕方の五時近くになっていた。

三時間ほど爆睡《ばくすい》していたことになる。

窓の外には、オレンジ色をした太陽の姿。

搾《しぼ》ったら、オレンジジュースでも溢《あふ》れてきそうなほど甘い色だ。どろりと粘度《ねんど》の高そうなあの果実《かじつ》は、舐《な》めたら果汁《かじゅう》百パーセントのオレンジジュースより濃《こ》くて、火傷《やけど》なんかでは収まらず一瞬《いっしゅん》で骨まで蒸発させてしまうくらい熱いんだろう。

太陽の表面温度は約六千℃なんだと、前に地学の授業で千惺《ちせ》が言ってたっけ。

不意にかざした手のひらには、大した熱さは感じられない。

どこか人肌《ひとはだ》に似た温《ぬく》もりが、じんわり広がっていくだけ。

淡い熱が皮膚《ひふ》を伝い、体の奥の方に侵入《しんにゅう》してくる感覚がこそばゆい。

立ち上がり、そっと窓に触《ふ》れる。

やっぱり思っていたほど熱くない。

でも、あの太陽は確かに夕空を焼いているんだ。焼いて焼いて焼き尽《や》《つ》くした後には炭のように黒い夜だけが残ることを、この世界を生きる多くの人間は知っている。

と、仕事を休憩《きゅうけい》しているんだろうか、中庭におっさんの姿があった。

地元の草野球チームのエースでもある彼は、よくあそこでバットを振《ふ》っている。

びゅん、と風を切るスイングは見事なものだった。

素人目《しろうとめ》ではあるけれど、この前の同窓会で『甲子園《こうしえん》までいったんだぜ』と自慢《じまん》していたかつての同級生のスイングよりずっと鋭《するど》く、速いように思える。

びゅんびゅん、という音がここまで聞こえてきそうなほど。

そこで俺の視線を感じ取ったのか、おっさんが顔を上げた。

ばっちり目が合った。

しまった、と思うがもう遅《おそ》い。

おっさんはニカリと笑い、手ぶりで〝こっちに降りてこい〟というようなメッセージを送ってきた。ああ、駄目《だめ》だ。これはもう逃《に》げられない。

正直、無視したかったけど、後で文句を言われる方が面倒《めんどう》なので大人しく従うことに。

家の裏口から出て、天河《あまかわ》家の庭へ足を下ろした。

「よう。きたな、ユヅ坊《ぼう》」

さっきまでバットを振《ふ》っていたおっさんの手には、今度はグローブが二つ握《にぎ》られていた。

子供みたいな目をしたその姿は、いろんな意味で成人した娘《むすめ》がいるような大人に見えない。

「久しぶりにキャッチボールでもしようぜ。な？」

「仕事はいいのか？」

片方のグローブを受け取り尋《たず》ねると、「馬鹿野郎《やろう》」と大声で怒鳴《どな》られた。

なんでさ。

至極《しごく》、真っ当な質問だと思うんだが。

「祭りの日に遅《おそ》くまで仕事なんざしてられるか。夜は裕里《ゆうり》とデートすんだよ。で、その裕里《ゆうり》が支度《したく》で構ってくれねーから時間潰《つぶ》しってわけ。ちなみに、てめぇに拒否権《きょひ》はねぇ」

「少しだけだぞ。あと、ちゃんと手加減はしてくれ」

「おいおいおい。男子高校生がなっさけねーこと言うんじゃねぇよ」

「いや、おっさんが本気出すと百三十キロ後半は出るだろ。普通《ふつう》に危ないから」

「ふははは、情報が遅《おく》れてんなぁ。今のオレ様の全力は百四十前半だ」

ビシッと親指で自分の顔を誇《ほこ》るように指す、大人げない四十代《おっさん》。

「なんでその年で速くなってんだっ⁉」

「天才っつーのは絶えず進化する生き物なんだよ。ええい、いいからさっさと構えろ。今日は肩《かた》の調子がいいから、記録更新《こうしん》も狙《ねら》えそうな気がする」

「だから、普通《ふつう》のキャッチボールにしてくれって」

とは言いつつ、おっさんが放ってきたボールはすごく速いわけでもなく、かつ、遅《おそ》くもない絶好球で、きちんとグローブの芯《しん》で捕球することができた。

スパンと弾《はじ》けるような音と心地《ここち》いい感触《かんしょく》が、手のひらに広がってくる。

「ナイスキャッチ。Hey,Come on《ヘイカモン》」

「なんでそんな発音がいいんだ、よっと!!」

言葉の途中《とちゅう》でボールを投げ返す。

ひゅんと風を切り、スパンとさっきより綺麗《きれい》な音が響《ひび》く。

ひゅん、スパン。

ひゅん、スパン。

ひゅん、スパン。

そんな音ばかりが絶えず俺たち二人の間を飛《と》び交《か》っていた。

同じことを繰《く》り返《かえ》すこと、十数回目。

おっさんのグローブに見事に収まったはずのボールは、なぜかさっきまでのリズムではもう俺の手元に返ってこなかった。

彼の手の中でいろんな握《にぎ》り方を試《ため》すように、コロコロと転がされているだけ。

「よっし、ウォームアップはこんなもんか。そろそろ本気でいくぞ。腰《こし》を下ろして構えろ。そんで、オレの全力を受け止めるがいい」

「マジでか」

「当たり前だろ。ほれほれ」

「あー、もー。分かったってば。ほんとにガキなんだから」

言われるがまま腰《こし》を下ろし、グローブを構える。

こうなると、おっさんはこっちの意見なんか聞いてくれない。

「危ないからそのまま動くなよ」

「サーイエッサー」

俺が頷《うなず》いたのを見届けてようやくボールを握《にぎ》ったおっさんが、この日初めて振《ふ》りかぶった。

思わず見惚《みと》れてしまうくらい綺麗《きれい》なフォームだった。

背筋がピンとなって、足だって高く上がって。

ボールが放たれた瞬間《しゅんかん》には、動こうにも動けなかった。

バチン。

気づいた時、頬《ほお》を叩《たた》かれたような音と痛みがじんと手のひらを痺《しび》れさせていて。

弾《はじ》かれたボールが、背後に飛んでいく。

「〜〜っ。くっそ、いってぇ。腕《うで》が、もげるっ」

「おいおい、ちゃんとキャッチしろよ。芯《しん》から外れたとこにボールを当てるから、必要以上に痛むんだ。まあ、オレ様クラスのボールになると、ちゃんと芯《しん》で取ってもそれなりに痛いんだがな。あの有名な三丁目の松下さんも、それで骨折して病院送りになった」

三丁目の松下さん、誰《だれ》だよ。

知ってんだろ、みたいな目で見られても初耳だから。

「おかげでキャッチャーを誰《だれ》もやってくんなくてさ。あ、そうだ。お前、やんない?」

「そんな話を聞かされてやるわけねーだろ」

逃《に》げるようにおっさんに背を向けながら、ボールを取りに走る。

あー、マジで痛ぇ。

ボールを探すふりして、痛みが引くまで休憩《きゅうけい》してようかな。

「なははは。そうか、無理か」

「当たり前だ」

「そっか、そっか。ところでよぅ、ユヅ坊《ぼう》」

「何度頼《たの》まれてもキャッチャーなんかやらな――」

「千偲《ちせ》は、なんで泣いた?」

背中に振《ふ》り下ろされた不意打《こ》ち《え》に、体が思わず止まった。

誤魔化《ごまか》そうか、なんてことを考えたのは一瞬《いっしゅん》だけですぐに思い直す。それはでも、おっさんや千偲《ちせ》への誠意なんかじゃなくて、この人には嘘《うそ》を吐《つ》いても意味がないことを経験として知っていたせいなんだから、我ながら格好悪い。

惚《ほ》れた女の笑顔《えがお》すら守れない自分が情けない。

「俺が泣かせた」

すぐにボールを拾い、振《ふ》り返《かえ》る。

おっさんはいつになく真剣《しんけん》な顔をしていた。

手の中は、痛みと熱で痺《しび》れたまま。

「言い訳せず、素直《すなお》に認めたことは褒《ほ》めてやる。前にオレが言ったことを覚えてるか？」

「忘れてねぇよ」

千惺《ちせ》や希空《のあ》を泣かせるなって言ってたことだろう。

そいつはいつも俺の真ん中にもある言葉だったから、一度だって忘れた時はない。

ジリジリとおっさんの鋭《するど》い視線に晒《さら》されること、数十秒。

「ふん。じゃあ、いい」

「え？　いいのか？」

「いや、よくはねぇよ。泣かせんなよ。天使たちを泣かせたら殴《なぐ》るぞ、小僧《こぞう》。ああん？」

ぽかん、と拍子《ひょうし》抜《ぬ》けしているとおっさんがすごい剣幕《けんまく》でこっちに詰《つ》め寄《よ》ってきた。

目は血走ってて怖《こわ》いし、唾《つば》は飛んでくるし、最悪だった。

「わ、分かってるって。もちろん、俺だって二人に泣かれるのは嫌《いや》なんだ。でもさ、今回はおっさんが先に言ったことだろ」

「ああ、そうだ。オレは先に言ってたはずだ。たとえ娘《むすめ》たちが悪かろうと、オレはあいつらの味方をするって。だから、お前が気に食わねぇ。どうしたってオレの娘を泣かせるからだ」

さっきは『千惺《ちせ》』と口にしたおっさんが、今度は『オレの娘《むすめ》』とそう言《い》い換《か》えた。

つまりは、そういうこと。

もう、そんな結末しか待っていないんだろうか。

俺は最後に、この人の娘《むすめ》のうちのどちらかをまた泣かせてしまうんだろうか。

「……てめぇは『俺が泣かせた、キリッ』とかって格好つけてたけどな。それにしたって、きっかけはうちの娘《むすめ》だろう。詳《くわ》しくは聞かねーけど、そんくらい分かってんよ。ただ、なあ。親っつーのは馬鹿なもんでな。その痛みが必要だと分かっていても、理不尽《りふじん》だと言われようと、傷つける奴《やつ》は許さねぇ。そんで、お前はそれをちゃんと理解してる。だから、もう一度だけ言うぞ。それなら、いい。お前は自分の気持ちにだけ素直《すなお》になれ」

思ってもいなかった言葉だった。

「いいのかな」

「いいさ。その過程でお前が千惺《ちせ》か希空《のあ》か、あるいは二人ともを泣かせたらオレがちゃんと怒《おこ》ってやるから。叱《しか》るし、殴《なぐ》る」

「結局、殴《なぐ》るのかよ」

「たりめーだろ。だからな、殴《なぐ》られることはもう諦《あきら》めて自分の感情を優先しろ。いつかその時がきたら、オレに恨《うら》まれても納得《なっとく》できる道を自分の心で選ぶんだ。血のせいかオレの親友《あいつ》に似て、ユヅ坊《ぼう》は口は悪いくせにひたすらにお人よしだからな」

「……そいつは違《ちが》うよ、おっさん。あれだ。俺の性格も口の悪さも全部、生みの父《おや》じゃなくて育ての父《おや》に似たんだ」

「ほう、そいつはさぞいい男なんだろうなぁ」

「ああ、俺の憧《あこが》れだから」

感情は無茶苦茶で、笑っているのに泣きそうだった。

もちろん、俺は男だから人前で泣くなんて格好悪いことはしたくなくて我慢《がまん》したけどさ。高校生にもなって男の前で泣くなんて、ダサすぎる。そんな風に育ててもらってない。

なあ、そうだろ。

「うっし。そろそろ暗くなってボールもろくに見えねぇからこれで終わりにすっか。また明日、いつもみたいに朝飯を食いにこいよ。オレ様の飯は、どんな時でも美味《うま》いからな。なははは」

おっさんは顔を伏《ふ》せた俺の髪《かみ》をくしゃくしゃにするように撫《な》でてから、グローブとボールを奪《うば》い離《はな》れていった。雑で強くて痛くて、寝起《ねお》きにわざわざ梳《と》かした髪《かみ》がボサボサにされたってのに、その手のひらの大きさとか熱さについ絆《ほだ》されてしまう。

きっと、俺たち三人の間で起こったことや俺の中で大きくなりつつある気持ちに気づいて、わざわざこんな時間を取ってくれたんだろう。

全く、どの口で俺のことなんかをお人よしなんて言ってんだか。

夕空のオレンジを焼《や》き尽《つ》くして満足したのか、いつの間にか太陽の姿は消えてしまっていた。

☆　☆　☆

「あれ？　おかしいな。こんなはずじゃなかったのに」

鏡を前に、わたしは思わず首を傾《かし》げていた。

落ち着いたデザインの本藍染《ほんあいぞ》めされた浴衣《ゆかた》は、想像以上に素敵《すてき》で。

少しだけ背伸《せの》びして、そんな大人っぽい生地《きじ》を選んだのはわたし自身。

鏡に映った自分のどうにも着せられている感が強いことだけが、想像と違《ちが》っていた。

だというのに着つけを担当してくれたお姉さんはにっこり笑って、

「よく似合ってるわよ」

「いやいや、これはちょっと。う〜ん、まだ早かったかな」

否定してほしいという下心を後ろ手に隠《かく》して呟《つぶや》いた言葉に、けれどお姉さんは素直《すなお》に、「そうね」なんて強く頷《うなず》いてるし。ああ、「ほんとそう」なんて追い打ちまで。

え〜、お姉さん！

空気を読んで、わたしの気持ちを慮《おもんぱか》って!!

「でも、そんな大人っぽい姿を見てほしい人がいるんでしょう。だったら、これ以上ない選択《せんたく》だわ。それに、女は化粧《けしょう》で化けるんだから。まあ、あたしに任せなさい」

シャツの袖《そで》をまくり上げたお姉さんは、そのままわたしに分かるか分からないかくらいの薄《うす》い化粧《けしょう》を施《ほどこ》して、髪《かみ》も綺麗《きれい》に纏《まと》めてくれた。

まるで魔法《まほう》のよう。

かぼちゃの馬車と美しいドレス、ガラスの靴《くつ》まで魔法使《まほうつか》いに用意してもらったシンデレラも、きっとこんな気持ちだったに違《ちが》いない。

「ほら、やっぱり似合ってる。きっと男の子も見惚《みと》れちゃうわ」

そこには確かに、浴衣《ゆかた》をきちんと着こなしていると言っても過言じゃない女の子がいた。

他でもないわたし自身が見惚《みと》れてしまっていた。

「さぁ、お姫《ひめ》さま。素敵《すてき》なデートにいってらっしゃいませ」

やや芝居《しばい》がかったセリフと華麗《かれい》なウインクでわたしの背中を押してくれたお姉《ま》さん《ほうつかい》は、とてもとても素敵《すてき》に見える。

彼女ならもっと自然に、この浴衣《ゆかた》だって着こなせるんだろう。

こんな大人になりたいなと思った。

でも、今のわたしはこれで精いっぱい。

ま、ないものを嘆《なげ》いたところでしょうがないんだけどさ。

お姉さんの手の温《ぬく》もりや強さを感じながら、わたしはカランコロンと下駄《げた》を鳴らして兄さんとの待ち合わせ場所へ歩いていく。

一応、十分前の到着《とうちゃく》だったのに、それより先に彼はきていた。

んも～。どんだけ待ちきれなかったんだよ、このこのぉ。

「やっほ～、兄さん。お待たせしました」

「どうしたんだよ、その浴衣《ゆかた》」

「えへへへ。せっかくだから、ちょっといい生地《きじ》の奴《やつ》をレンタルしちゃった。どう？」

兄さんに見せつけるように、その場でくるくると回ってみせた。

「ああ、すっごく綺麗《きれい》だ。似合ってる」

作法のような在《あ》り来《きた》りな言葉でも、兄さんの声で彩《いろど》られた途端《とたん》に心臓が強く高鳴っちゃうな。

まだ花火の時間には早いのに、顔が熱く明るくなる。

兄さんも浴衣《ゆかた》似合ってるし。いつもより上げられた前髪《まえがみ》はセクシーで、胸元《むなもと》から覗《のぞ》く鎖骨《さこつ》のラインとかたまんない。撫《な》でたい。指先で、つ～ってなぞってみたい。

んんん、しゅき。

いっぱいしゅき。

誰《だれ》よりも、世界で一番。

わたしの中に、これより上等な気持ちは存在しない。

「ふへへへ。ありがと。兄さんも浴衣《ゆかた》、似合ってる」

「お前が言うから、押し入れから引っ張り出した。リクエストには適《かな》ったか？」

「うん。やっぱりお祭りの夜は浴衣《ゆかた》じゃないとね。さ、いこっか」

手を取り、引っ張っていく。

最初は小鳥の啄《ついば》みのように兄さんに触れては離れ《ヒット＆アウェイ》を繰《く》り返《かえ》していたわたしの手は、次第《しだい》に触《ふ》れる時間を長くし、置き場所を探す如《ごと》く動き回り、最後に兄さんの手の中にきちんと収まった。

四つある兄さんの指と指の隙間《すきま》の全てをこするように指先を滑《すべ》り込ませ、キスするみたいに手のひらを重ねると、お互《たが》いの柔《やわ》らかさとか熱とかそういうものが皮膚《ひふ》に馴染《なじ》んで一つになっていく感覚に脳が痺《しび》れた。

きゅっと指に力を込《こ》めた途端《とたん》、応えるように兄さんもまた指を折ってくれたし。

いわゆる、恋人《こいびと》つなぎ。

手の中にはちゃんと兄さんがいて、温《ぬく》もりがあった。

それを、わたしは手放したくないと思ってる。

誰《だれ》にも渡《わた》したくないと思ってる。

「あ、そうだ。兄さん、これあげる」

わたしは巾着袋《きんちゃくぶくろ》から、少し温《ぬる》くなった缶《かん》を取り出して兄さんに渡《わた》した。

「なんだ、これ？　コーラ？」

「勝負に勝ったから、遙海《はるか》に買ってもらっちゃった」

手放したくないから、渡《わた》したくないから、わたしは勝つよ。

戦う相手が、たとえ大好きな姉さんでも。

☆

星逢《ほしあい》祭りにおけるデートでの最大の目的といえば、誰《だれ》もが『彦星《ひこぼし》と織姫《おりひめ》のミサンガだ』って口を揃《そろ》える。俺だって、そう言う。けれど、それらを手に入れる為《ため》に必要な〝カップルで運営側が用意したいくつかのイベントをクリア〟したことはこれまで一度もなかった。

いつか、俺も誰かと参加する日がくるのだと漠然《ばくぜん》と考えてはいたけどさ。

隣《となり》に立っている女の子は、かつて想像もしていなかった誰《だれ》かだった。

その誰《ノア》かが、ひょこっと俺の顔を覗《のぞ》き込んでくる。

「どしたん？」

「いや、なんでもない」

「なんでもないってことはないでしょ。うんうん。言わないでも分かってるから、心配しないで。ど～せわたしに見惚《みと》れてたんでしょ」

「お、よく分かったな」

「わ、わう。そんなストレートに頷《うなず》かれるとは思わんかった」

「こんなんで照れんなよ。チョロすぎる」

「だって、嬉《うれ》しいんだもん」

表情を隠《かく》す為に、前髪《まえがみ》をくしくしと引っ張る希空《のあ》。

胸が苦しくなって、なにか大きな力によって強制されたみたいにその髪《かみ》をくしゃっと撫《な》でたところ、「あ〜。せっかくお姉さんに可愛《かわい》くしてもらったのに、なにすんの」と叱《しか》られる始末。

ほんと、女ってのは扱《あつか》いが難しいよな。

一瞬《いっしゅん》前の顔とは、もう全然違《ちが》ってるし。

受付は、町で一番大きな川の傍《そば》で行われていた。

その一級河川《いっきゅうかせん》を沿うように設置された長机の前には俺と希空《のあ》みたいなのが何組もいて、誰《だれ》もが熱心に説明を受けているようだった。

「あれじゃない？　ほらほら、兄さん。わたしたちも」

「おう」

俺たちも早速《さっそく》イベント参加を表明する為《ため》に、受付を済ませることに。

担当してくれたのは、千惺《ちせ》よりいくらか年上そうなお姉さんだった。

他の受付を見ても、同じように若い女性が対応していて。

青年会か、商工会議所の職員なのか。

「えぇっと、東雲結弦《しののめゆづる》くんと天河希空《あまかわのあ》ちゃんですね。イベント参加ありがとうございます。これからお二人にはわたしたちが用意した七つの試練に挑《いど》んでいただくわけなんですけど、おめでとうございます！　お二人揃《そろ》って受付を済ませる。最初の試練はこれでクリアです」

俺たちを担当してくれた女性が、パチパチと小さな拍手《はくしゅ》を送ってくれた。

「それで、これからどうすればいいんだ？」

「はい。二つ目の試練として、商店街にあるいくつかのお店に設置されている笹《ささ》に吊《つ》るす為《ため》の短冊《たんざく》を手に入れてもらいます。これですね」

お姉さんが取り出した短冊《たんざく》を前に、「ほうほう」と頷《うなず》く希空《のあ》。

「試練ってことは、タダではもらえないんですよね？」

「ご名答です。これを手に入れる為《ため》には、わたしにお互《たが》いの好きなところを惚気《のろけ》てもらう必要があります。では、さっそく」

そして、お姉さんはパンと両手を合わせて。

「さぁさぁ、どちらから始めますか？」

急に声のトーンを一段高くしていた。

瞳《ひとみ》に宿っている光だって、ギラリと強く。

「なんでそんなテンション高いんだよ」

「三度の飯よりコイバナが好きですからねー。この仕事、天職なんですー」

そして、なぜかもう一人、表情を輝《かがや》かせている奴《やつ》がいた。

俺ではないわけだから、言わずもがな希空《のあ》である。

ふんふんと鼻息を荒《あら》くして、両手はぎゅっと握《にぎ》りしめて。

大げさに、ゴクリと喉《のど》を鳴らしていて。

「これは、勝負ってことだよ」

「は？　なんだよ、勝負って」

「相手を照れさせた方が勝ちね。さっきは不意打ちで照れさせられたから、今度は勝～つ」

「俺の負けでいいぞ」

そんな勝負、心底したくない。

「駄目《だめ》で～す。わたしがそう決めたから、勝負します。先行・わたし。バトルスタンバイ」

「は～い。ではでは、天河希空《あまかわのあ》ちゃん。どうぞ」

「わたしが好きなところは、全部です」

たった一言で言い切った希空《のあ》は、そしてチラッと期待したように俺を見てくる。チラッ、チラッ。けど、すぐに表情は絶望色《ぜつぼういろ》で染められていって。

「な、なんで照れてないわけ」

「いや、今ので照れるかよ」

むしろ、どうやったら照れられるのかを逆に教えてほしい。

「くっそ～。わたしの愛が大きすぎて、どうやらピンときてないみたいだな～」

「はいはい。言ってろ。さて、次は俺か？」

「そうですね。では、後攻《こうこう》・東雲結弦《しののめゆづる》くん」

「俺は別に、全部とは言わないからな」

「え～、なんでぇ」

ぶぅと希空《のあ》が唇《くちびる》を尖《とが》らせるが、そんなことしても無駄《むだ》だ。

「だって、今みたいに面倒《めんどう》だなって思うこともあるし。口が裂《さ》けても、全部とは言えない。とはいえ、そうだな。いくつかいいなって思うところもちゃんとある」

一度だけ、腕《うで》を組んで考えて。

気恥《きは》ずかしいから希空《のあ》から視線も外して。

「まず、顔がいいのは間違《まちが》いないだろ。肌《はだ》だって綺麗《きれい》だよな。赤い唇《くちびる》と白い肌《はだ》のコントラストは、芸術の域だしさ。もちろん、希空《のあ》の魅力《みりょく》は外見だけじゃない。むしろ、外見なんておまけレベル。明るい性格は太陽のように周りを照らすし、よく人を見てるのもポイントが高いんだよな。誰《だれ》かのいいところを見つけるのが上手《うま》いっていうか。人って誰《だれ》かの悪いところはすぐに見つけるくせに長所となると難しいんだが、こいつはどんな奴《やつ》のいいところでも簡単に見つけてしまう。俺はね、そんな希空《のあ》の視線こそが、誰《だれ》よりも素晴《すば》らしい長所だって思うわけ。優《やさ》しい子だと思う。あとは、そうだな。一緒《いっしょ》にいて、楽しいってのも大切な要素だよな。案外と努力家で、勉強はもちろんなんだけど、運動神経もよくて、この前も――」

「ちょっ、ちょっと待って。東雲《しののめ》くん」

「うん？　どうした」

急な横やり。

むぅ、あと十分くらいは余裕《よゆう》なんだが。

「天河《あまかわ》ちゃんがすごい顔してる」

「すごい顔？」

言われて希空《のあ》の方を見ると、確かにすごい顔をしていた。

太陽のように耳まで真っ赤にして、唇《くちびる》を梅干しでも食べたかのようにもにょもにょとすぼめている。体はプルプルと震《ふる》えていて、それから。

——なんて、もっと簡潔に言い表すことができるんだけどな。

希空《のあ》は照れていた。

誰《だれ》がどう見ても、言い訳できないくらいに照れていた。

「……勝負はお前の負けでいいな？」

「うん。それでいい。負けでいい」

こくり、と素直《すなお》に希空《のあ》が頷《うなず》く。

「だから、そのさ。もうちょっとだけ続けて？」

顔をふにゃふにゃにふやけさせて、小鳥のさえずりのような小声でのおねだり。

またも手のひらが希空《のあ》の頭に向かいそうになったけれど、今度はぐっと我慢《がまん》した。

「仕方ないな。あと少しだけだぞ」

「えへへへ。うん、あんがと」

そんな俺たちをお姉さんはニコニコしながら見ていた。

満面の笑《え》みって奴《やつ》だった。

「はぁ、眼福眼福ぅ。この仕事しててよかったぁ。今年一の推《お》しップルっすわ」

当然、二つ目の試練は文句なしの合格だった。


三つ目の試練は、短冊《たんざく》に願い事を記入すること。

四つ目の試練は、記入済みの短冊《たんざく》を商店街にあるお店の笹《ささ》に吊《つ》るさせてもらうことらしい。

その為《ため》の条件として、買い物か食事が義務づけられている。イベント参加にはお金がかからない分、こういうところで採算を取る狙《ねら》いというわけだ。

希空《のあ》の希望により、最近できたばかりだという喫茶店《きっさてん》で休憩《きゅうけい》することにした。

なんでも評判のいい店らしく、おっさんがライバル視しているほどなんだとか。

「だからね、一回きてみたかったんだ。お父さんのお菓子《かし》と食べ比べてみたくて」

店名は〝夏気球〟で、綺麗《きれい》な白髪《しらが》の老紳士《しんし》が一人で経営しているこぢんまりした店だった。

希空《のあ》はオススメにあったひまわりパイのセットを、俺はベーコンのキッシュをそれぞれ注文。

「星逢《ほしあい》祭りのイベント参加ですかな？」

短冊《たんざく》に願い事を書き込む為《ため》にペンを借りると、店主がにっこりほほ笑《え》んだ。

「ええ、そうなんです」

「短冊《たんざく》には、ミサンガに込《こ》める願いと同じものを書くのがよろしい。星に願ったことを忘れぬようミサンガとして手元に残しておくのがこのイベントの趣旨《しゅし》らしいので。では、よい時間をお過ごしください」

希空《のあ》の笑顔《えがお》に返すようにそう言った店主は一礼だけして、カウンターの奥へ帰っていく。

「ここ、いいお店だね。アストライアとは全然雰囲気《ふんいき》が違《ちが》うけど、落ち着ける。掃除《そうじ》も行き届いているし、お客の質もすごくいい。コーヒーを淹《い》れる仕草だって丁寧《ていねい》。飲む前から一流って分かるお店はそうないよ」

「確かに。おっさんがライバル視してるってのも納得《なっとく》だ」

予想通り、キッシュもパイもコーヒーも超《ちょう》一流だった。

おっさんの負けとは言わないまでも、意見が割れそうなくらいには接戦している。

「短冊《たんざく》には〝おっさんの料理がもっと上手になりますように〟って書くか？」

「ううん。そんなこと書いたら、怒《おこ》られちゃうからやんない。子供が親の心配なんかすんじゃね～って。だから、わたしはわたしの為《ため》の一番の願い事を書く」

そうして宣言通り希空《のあ》が短冊《たんざく》に書き込んだのは、

〝わたしの好きな人が、わたしと同じくらいわたしのことを好きになってくれますように。わたしと同じ想《おも》いを抱《いだ》いて、いつまでも隣《となり》にいてくれますように〟

ささやかで在《あ》り来《きた》りで、でも切実な願い。

少し迷った末に、俺も〝希空《のあ》がいつまでも笑っていてくれますように〟とそう願った。流石《さすが》に今日ばかりは、千惺《ちせ》の笑顔《えがお》を願えない。

いや、それは正確じゃないか。

隣《となり》にいるこの女の子以外の笑顔《えがお》を願っちゃいけない気がした。

俺たちの名前と願いが込《こ》められた二つの短冊《たんざく》は、夏気球に置かれた笹《ささ》の上でまるで仲のいい恋人《こいびと》のように揺《ゆ》れていた。

その後、支払《しはら》いを済ませたところ、店主から紙製のリストバンドを一つだけもらった。

これをつけていると、今夜は通行が制限されている町一番の橋を渡《わた》れるようになるらしい。

橋の名前は〝カササギおおつばさ橋〟。

説明するのも野暮《やぼ》だが、七夕伝説で天の川に隔《へだ》てられた彦星《ひこぼし》と織姫《おりひめ》の再会を助ける為《ため》に橋渡《はしわた》しをする役目を担《にな》ったカササギがモチーフになっている。

「あれ？　通行証は一つだけなんですか？」

「一つで十分なんですよ。大切な人と手を繋《つな》いで歩くなら、ね。それが五つ目の試練です」

店主に言われたように手を繋《つな》いで、カササギおおつばさ橋を渡《わた》っていく。

途中《とちゅう》、夜空に大輪の花火がいくつもいくつも咲《さ》いては散っていった。

眩《まぶ》しい光が、夜の一角から俺と希空《のあ》の輪郭《りんかく》を掬《すく》いあげていく。

音は肌《はだ》をビリビリと震《ふる》えさせ、火薬の匂《にお》いにじきに到来《とうらい》する夏の背中を見つけた気がした。

花火によって彩度《さいど》のあがった夜の中、俺と希空《のあ》の二人が、その影《かげ》だけが、世界に在った。

「綺麗《きれい》だね」

「ああ、そうだな」

頷《うなず》くだけで、精いっぱいだった。

「ほんと、綺麗《きれい》だな」

花火の光を受けて輝《かがや》いている希空《のあ》の方がずっと綺麗《きれい》だなんて。

これほどまで希空《のあ》に見惚《みと》れているなんて。

真実故《ゆえ》に、もう口にできなくて。

あの、まるで嵐《あらし》の只中《ただなか》にあったようなショッピングモールで俺は希空《のあ》にこう言った。

『いいぞ、デートするか』

〝デート〟という単語を千惺《ちせ》以外の女の子に初めて使ったということが全て《こたえ》なんだと思う。

俺は、七つ下の妹分だった天河希空《あまかわのあ》のことを、一人の女の子として好きになっている。それを認められなくて、希空《のあ》の誘《さそ》いを渋《しぶ》っていたってわけだ。

でも、流石《さすが》にもう目を背《そむ》けるのは無理だった。

橋を渡《わた》った先で、ゴールの天文台が俺たちを待っている。

デートの終わりに、俺はなにを知るのだろう。

☆　☆

夜の七時になって、生徒会主催《しゆさい》によるイベントも盛況《せいきよう》なまま幕を下ろしました。

看板などの大きな荷物だけは今日中に校舎に運び入れておく必要があるものの、残りの片づけは明日以降になるので生徒の皆《みな》さんと更《さら》に一時間ほど働いての解散となります。

「では、お疲《つか》れ様《さま》でした。これで解散です。この後は自由ですが、あまり羽目を外さないようにしてくださいね。明日も片づけがあるんですから」

私の声を聞いているのか、いないのか。

これから打ち上げなのでしょう、生徒たちの顔に強い興奮が宿っているのが見て取れます。

本当なら私もこれからユヅくんと一緒《いつしよ》、だったはずなのに。

「みんなでご飯でもいこうって話してるんですけど、天河《あまかわ》先生もよければどうですか？」

「お気持ちだけいただいておきますね。ありがとうございます」

「そうですか。では、また明日」

生徒会長である彰人《あきと》くんの号令で、十数人の生徒たちが一斉《いつせい》に移動を始めました。

彼らの背中もすぐに夜の闇《やみ》に溶《と》けて見えなくなって。

ふうと息を吐《は》いた私は、そうして彼の名前を呼びました。

「それで、塔矢《とうや》くんは私になんの用事があるんですか？」

イベントに顔を出し、なぜか生徒に交じって片付けまで手伝っていた元同級生の男の子と二人だけで私は今、校庭にぽつんと取り残されているのです。

「自意識過剰《かじょう》じゃね？　知り合いの子と早く遊びにいきたいから手伝っただけだっつーの」

「それって」

「宮水琴音《みやみずことね》。最近、飲み会で知り合ってさ。天河《あまかわ》の同僚《どうりょう》なんだってな。色々、話聞いてる。それきっかけで仲よくなったようなもんだし。つか、お前も俺に構ってる時間なんてないんじゃねーの？　そろそろ、結弦《ゆづる》が迎《むか》えにくる頃《ころ》だろ？」

「……ユヅくんはきませんよ」

「なんだ、喧嘩《けんか》でもしたんか」

「それならまだよかったんですけどね。喧嘩《けんか》なら、仲直りをすればいいだけですから」

そんな話をしていたら、校舎の方から宮水《みやみず》先生がやってきました。

確かに、今日の服装はいつもに比べてずっと華《はな》やかでした。

そんなことにすら、私は気づいていなかったんですね。

「相沢《あいざわ》くん、お待たせ。あたしの事情に付き合わせちゃってごめんね」

「構わねぇよ。つか、逆に悪い。ちょっとだけ野暮《やぼ》用ができちまった。先に店にいっててもらえるか？　美味《うま》いワインを取《と》り揃《そろ》えてるとこだから、楽しんでていいぞ。あ、でも、とってきの奴《やつ》は俺が合流するまで我慢《がまん》しろよ」

一瞬《いっしゅん》だけ「ふぅん」と宮水《みやみず》先生は鼻を鳴らしたものの、すぐに「分かった」とすんなり引いて校門の方へ歩いていきます。

彼女が塔矢《とうや》くんの話を聞きながら私を見ていたことに、彼は気づいているんでしょうか。

「いいんですか？　多分、誤解されましたよ」

「構わねぇって。ちょっとくらい嫉妬《しっと》心を煽《あお》ってやった方が、あとでたっぷり吐《は》く甘い言葉が効くんだ。それに、琴音《ことね》は弁《わきま》えてるっていうか。天河《あまかわ》と違《ちが》って、さっぱりしてて変な拗《こじ》らせ方しないから楽なんだよな。ああいう女はいい」

「どうせ私は面倒《めんどう》な女ですよ」

唇《くちびる》を尖《とが》らせた私は、そのまま近くにあったサッカーゴールへ近づいていきました。

ゴールポストに背中を預けると、ひんやり冷たくて気持ちがいいんです。

「あれ、塔矢《とうや》くん。そういえば、ミサンガはどうしたんです？」

彼の手首には長いこと、正確には七年ほど彦星《ひこほし》のミサンガが巻かれてあったのに、それが今日はありませんでした。

やっぱり、そんなことにも今更《いまさら》気づいてしまう私。

「あれな。この前、ようやく切れたよ。お前らと飲んですぐ。いやー、長かったわ」

「切れたということは、宮水《みやみず》先生とお付き合いを始めたことに関係はない？」

「関係ない。つか、まだ正式に付き合ってないし。まあ、俺たちのことはどうでもいいだろ。

どうせ、琴音《ことね》がそのうち話すさ。それより、今は結弦《ゆづる》とのこと。話せよ。なにがあった？」

「塔矢《とうや》くんに話すことはなにもないですよ」

「つれねーな。昔の天河《あまかわ》に戻《もど》ったみたいだ。でもさ、そんなこと言うなって。これで、俺はお前と結弦《ゆづる》カップルを結構、推《お》してんだ。結弦《ゆづる》が眠《ねむ》っちまってから、高校大学と、どれだけお前に寄ってくる男たちから守ってやったと思ってる」

「……感謝はしてます。ただそのせいで、塔矢《とうや》くんと付き合ってるって噂《うわさ》が流れましたけど」

「気にすんな。あれを流したの俺だし」

「はぁ？」

びっくりして思わず彼の顔を見ると、にっかりなんて鳴りそうな笑顔《えがお》が返ってきます。

「ちょうどお前と同じ年のミサンガをつけてたから、信ぴょう性もあったしな。おかげで、彼女と別れてもミサンガを外すタイミングを逃《のが》しちまったんだけど」

「どうして」

「そうした方が手っ取り早かったんだよ。誰《だれ》かの女ってことにしておけば、九割くらいの正常な思考の男は寄ってこなくなるし。あとのろくでもない一割だけを相手にすればいいから」

全然、知らないことでした。

確かに塔矢《とうや》くんとお付き合いしているという噂《うわさ》が流れ始めてから、男の子たちからのアプローチは随分《ずいぶん》と減って助かりましたけど。

まさか、彼が自分から流していたなんて。

だって、そのせいで塔矢《とうや》くんは『親友の幼馴染《おさななじみ》である女の子を奪《うば》った』なんて噂《うわさ》されて、事情を知らない一部の子たちから敬遠されるようになったというのに。もちろん、そんな陰口《かげぐち》を言っている人を私が見かけた時には『違《ちが》う』と否定はしてきましたけど、きっと一部だけ。

私の知らないところで、たくさんの誹謗《ひぼう》中傷があったことは想像に容易《たやす》い。

「だっせーから黙《だま》ってるつもりだったんだけどな。ああ、結弦《ゆづる》には言うなよ。責任、感じちまうだろうし。俺はあいつと対等な親友でいたいから」

「じゃあ、どうして今、私に話したんですか？」

「相手の腹の中を見ようと思ったら、先にこっちの内側を見せないと信用してもらえないだろ？　それだけさ」

「塔矢《とうや》くんなりの誠意ということ？」

「そんな格好いいもんじゃねーって。俺はね、天河《あまかわ》。さっきも言ったけど、お前と結弦《ゆづる》のことをずっと応援《おうえん》してんの。幼馴染《おさななじみ》でさ、お互《たが》いのことしか目に入ってなくて。馬鹿みたいに純粋《じゅんすい》だろ、そういうの。そういう奴《やつ》らって中々いないんだ。だから、ずっとずっと俺の理想の二人でいてほしいって願ってるだけ。その願いの為《ため》に動いただけ」

要は俺のエゴだな、と彼は少しおどけて総括しました。

ああ、降参です。

これほどまでに想《おも》ってくれている人に、どうして不誠実な対応が取れるでしょう。

私は重い唇《くちびる》を開いて、私とユヅくんと希空《のあ》ちゃんのことを話しました。

彼はたった一つの相槌《あいづち》もなく、最後まで沈黙《ちんもく》を保っていました。

「だから今、ユヅくんは希空《のあ》ちゃんと星逢《ほしあい》祭りに参加しているんです。ごめんなさい。あなたが守ってくれたものを、私は守ることができませんでした」

まるで私の話が終わるのを見計らっていたかのように、そのタイミングで空が光ったかと思うと続いて大きな音が響《ひび》きました。ひゅー、ドーン。ひゅるるるる、ドドーン。

どうやら、花火が咲《さ》いたようです。

美しい光の花は心をワクワクさせて笑顔《えがお》を誘《さそ》うものであったはずなのに、今の私には火傷《やけど》のように見えてしまいます。

痛くて、熱くて、ヒリヒリして。

ユヅくんと希空《のあ》ちゃんも今、二人で同じ光を見上げているんでしょうか。

「事情は分かった。で？」

「それで終わりです。ユヅくんは私じゃなく、希空《のあ》ちゃんを選んだんです」

「終わりじゃねーだろ。天河《あまかわ》はこれ以上、傷つくのが怖《こわ》くて諦《あきら》めただけだ。いや、確かに終わりかもしれねーな。話を聞いてると、その妹と天河《あまかわ》では覚悟《かくご》が違《ちが》う。勝てるわけもない」

その一言に、私の中でずっと抑《おさ》えつけていたなにかが弾《はじ》けてしまいます。

花火のように天に昇《のぼ》って、開く。

瞳《ひとみ》がチカチカと光って、頭が真っ白になって。

「塔矢《とうや》くんになにが分かるんですかっ」

気づけば、叫《さけ》んでいました。

どれだけ私が悲しかったか。

苦しかったか。

なにも知らないくせに。

「分かんねーよ。俺は天河《あまかわ》じゃねーからな。ただささ、その妹は結弦《ゆづる》に振《ふ》られても傷ついても、また立ち向かっていったんだろ？　お前みたいに物分かりのいいふりして諦《あきら》めてない。認めろよ。お前の妹は、今まさに欲《ほ》しいものを手に入れる為《ため》に頑張《がんば》ってんだ。結弦《ゆづる》だってそうだった。覚えてるか？　俺が最初にお前たち二人と仲よくなったきっかけ」

尋《たず》ねられて、記憶《きおく》が高校一年生だった頃《ころ》にまで戻《もど》っていきました。

高校に入学してから半年も経《た》つと、それぞれのポジションが固定されていきます。

テストでの学年順位は私が一番、塔矢《とうや》くんがずっと二番でした。ユヅくんは可もなく不可もなくという感じで、三十位から六十位の間をふらふらと。

ただ、一度だけ私も塔矢《とうや》くんもユヅくんに負けた記憶《きおく》と記録があります。

その時、ユヅくんは塔矢《とうや》くんと実力テストの結果で勝負していたらしく。

「あれさ、実は天河《あまかわ》のことを賭《か》けてたんだよな。結弦《ゆづる》に天河《あまかわ》はふさわしくないって突《つ》っかかって、今度のテストで勝負だって一方的に言って」

ん？　塔矢《とうや》くんは今、さらっととんでもないことを口にしませんでしたか？

「待って！　待ってください!!　ということは、え？　塔矢《とうや》くんって、もしかして私のこと」

「ああ、好きだった。初めて自分より最高に格好悪かったよな。あの頃《ころ》の結弦《ゆづる》は、最高に優秀《ゆうしゅう》な人間を見つけたから。けど、すぐに俺は二度目の敗北をするんだ。あの頃の結弦は、最高に格好悪かったよな。勝負をふっかけた俺より必死でさ、ボロボロで、目の下には濃《こ》いクマまで作って。でも、その必死さや努力で結果《おまえ》を勝ち取った姿は世界で一番格好よかったよ。俺には無理だ。誰《だれ》かの為《ため》にそこまでできない。あれからなんだよな。俺が同級生の男に敬意を抱《いだ》くようになったのは」

なあ、天河《あまかわ》、と塔矢《とうや》くんがさっきまでとは全然違《ちが》う優《やさ》しい声で私に呼《よ》び掛《か》けてきます。

「今の結弦《ゆづる》と同じガキの頃《ころ》、お前は宇宙飛行士になるって言ってたよな。誰《だれ》に馬鹿にされても言い続けていた。今はどうだ。大人になって、随分《ずいぶん》と物分かりがよくなったじゃないか」

「そんなこと」

ない、とは言えなくて。

「もっと単純に考えろって。我が校《こう》が誇《ほこ》る〝千の星のかぐや姫《ひめ》〟様。月に帰ったお前はどうしたい？　このままでいいのか？　月から遠くなった地球を見てるだけか？　結弦《ゆづる》のことを簡単に諦《あきら》められるのか？　お前にとって、東雲結弦《しののめゆづる》はどんな存在なんだよ。なぁ」

そんなの、言われるまでもなく答えは一つで。

「諦《あきら》め、たくないです」

私の奥の奥の奥に隠《かく》していた本心でした。

時間をかけて、言葉を尽《つ》くして、塔矢《とうや》くんがそれを掘《ほ》り起《お》こしてしまったのです。

「諦《あきら》めきれるわけないじゃないですか。ユヅくんが私以外の誰《だれ》かのものになるなんて嫌《いや》です。

ユヅくんの一番が私じゃないなんて嫌《いや》です。だって」

だって——。

「ユヅくんのことを、私は誰《だれ》より愛しているから」

「だったら、こんなとこでじっとしてる場合じゃないな」

「そう、ですね」

「戦ってこいよ、天河千惺《あまかわちせ》」

ユヅくん以外の男の人に涙《なみだ》なんて見せたくないからぐっと我慢《がまん》しましたけど、隣《となり》にいる人が
ユヅくんだったなら私はみっともなくわんわんと泣いていたでしょう。

霞《かす》みだした瞳《ひとみ》を一度だけ強く拭《ぬぐ》って、空を見上げました。

いつしか花火の時間は終わりを告げていて。

空は澄《す》み渡《わた》り、星々はすごく綺麗《きれい》で。

天の川《ながいじかん》に隔《へだ》てられた二つの星を、私は見つけました。

「はい。ありがとうございました。塔矢《とうや》くん」

「いってこい」

「いってきます」

大切な友人にお礼を告げて、走り出す。

大好きな、誰《だれ》にも譲《ゆず》りたくない男の子の元へ。

星の海を越《こ》えてでも会いにいく。

ユヅくん、私はあなたにもう一度伝えたい気持ちがあるんです。

ああ。私は今、恋《こい》をしている。

☆

「ねえ、兄さん。あなたが好きです」

俺が七《さい》つ目《ご》の試練をクリアする為《ため》に〝織姫《おりひめ》〟なんて呼ばれている星を天体望遠鏡で探していると、頭上からそんな声《こく》が降《はく》ってきた。

泣きたくなるほど美しいその言葉は、希空の色《おと》を纏《まと》っていて。

不意に顔を上げると、その先には耳まで真っ赤にした美しい女の子の姿が一つ。

「にひひひ。お待たせ〜。あなたの可愛《かわい》い希空《のあ》ちゃんが帰ってきたよ」

六つ目の試練として〝ミサンガ〟を編む為《ため》に別の部屋に連れていかれていた希空《のあ》の手には今、

完成品の〝彦星《ひこぼし》〟のミサンガがあった。一からミサンガを編むとなると時間がかかるから最後の仕上げだけをさせられるらしく、離《はな》れていた時間は十分くらい。

彦星《ひこぼし》のミサンガは、織姫《ノア》が編むことで手に入る。

織姫《おりひめ》のミサンガは、彦星《おれ》が〝こと座《おりひめ》のベガ〟を観察することで手に入る。

それぞれがきちんと仕事をこなすことで出会えるという、七夕伝説をなぞっているらしい。

「……もう完成したのか」

「うん。ばっちし」

「ちょっと待ってろ。俺もすぐクリアするから。すみません。これでOKだと思うんだけど」

手を上げて近くにいた天文台の職員を呼ぶと、彼は俺がセットした天体望遠鏡を覗《のぞ》き込んだ。

その先には織姫《おりひめ》の輝《かがや》きが広がっている、はず。

高台から見る、まだ明るい町の様子は夜空を映す湖畔《こはん》のようだった。

生活の光の一つ一つが星々に似ていた。

歌うように、瞬《またた》いている。

「説明もなくちゃんと見つけられてますね。星は好きなんですか？」

天文台の代名詞にもなっている口径が百センチをオーバーしている望遠鏡じゃなく、普段《ふだん》は貸出されている市販《しはん》の望遠鏡から顔を上げた職員が尋《たず》ねてきた。

「いや、俺の場合はただ星のことが好きな奴《やつ》が近くにいたから」

「なるほど、それで。望遠鏡の扱《あつか》いがとても上手で感心してたんですよ。はい。確かに織姫《おりひめ》を確認《かくにん》しました。おめでとうございます。では、これをどうぞ」

そうして彼がくれたのは、織姫《おりひめ》のミサンガ。

あとは希空《のあ》の持つ〝彦星《ひこぼし》〟のミサンガと俺の持つ〝織姫《おりひめ》〟のミサンガを交換《こうかん》してしまえば、イベントは終了《しゅうりょう》だ。

俺たちはそれぞれの手にミサンガを携《たずさ》えて、天文台をあとにした。

「これで、デートは終わりだな」

「ありがとう。とっても楽しかった」

歩きながら、俺は織姫《おりひめ》のミサンガを希空《のあ》に渡《わた》す。

希空《のあ》は嬉《うれ》しそうに、きゅっとそのミサンガを強く握《にぎ》った。

まるで宝物を手にした子供のよう。

「じゃあ、そろそろそっちも約束を果たしてもらおうか。俺はなにを忘れてるんだ？」

「その前に、兄さん。わたしに言うことがあるでしょ？」

帰りのカササギおおつばさ橋の真ん中で、希空《のあ》が立ち止まる。

雲一つない空からは強い月明かりがスポットライトのように漏《も》れ出ていて、希空《のあ》の影《かげ》を夜の中にいてさえ長く長く引《ひ》き伸《の》ばしていた。

「さっきの告白の返事か？」

「そう。わたしは兄さんが好き。だから、兄さんの答えを聞かせて？」

彼女に告白されたのは二回目で、今はあの時とは気持ちが変わっていて。

希空《のあ》は綺麗《きれい》で。

とても綺麗《きれい》で。

前だって真剣《しんけん》に悩《なや》んで答えたつもりだったけれど、あの日よりもっと誠実に俺は答えた。

「俺も希空《のあ》のことは好きだ。多分、お前が俺に向けてくれる気持ちと同じ種類と温度で、今は希空《のあ》のことを想《おも》ってる。妹じゃなく、一人の女の子として希空《のあ》を見てる。だけど――」

そう、〝だけど〟と続けなければいけない。

「ごめんな、希空《のあ》。やっぱりお前とは付き合えない」

「どうして？」

「お前を好きな気持ちと同じくらいの強さで、俺は今も千惺《ちせ》のことを想《おも》ってるんだ」

だからこそ、希空《のあ》だけを選ぶことができない。

俺は二人の女の子に今、恋《こい》をしている。

☆　☆　☆

「お前を好きな気持ちと同じくらいの強さで、俺は今も千惺《ちせ》のことを想《おも》ってるんだ」

兄さんはそう言った。

ああ、やっぱりだ。

やっぱり、兄さんは思った通りの言葉を口にした。

「つまり、わたしも姉さんも同じくらい好きだから不誠実なことはできないってこと？」

「そうだ」

「付き合うなら、どちらかを選んでから？」

「そうなるな。まあ、千惺《ちせ》には別の男がいるのかもしれないけど、そんなのは関係なくて」

振《ふ》られたというのに、笑ってしまいそうになる。

それは、それこそが、わたしの望んだ言葉だったから。

「……今の言葉、忘れないでね」

欲を言えばこのまま付き合ってほしかったけれど、そういう人じゃないことは知っていた。

だから、わたしはこの言葉を言質《げんち》にする為《ため》にこの数ヶ月に賭《か》けたのだ。

どうやら、賭《か》けには勝ったらしい。

「分かった。今はそれでいいよ。じゃあ、今度こそ約束通り、兄さんのなくした記憶《きおく》について教えるね。あの日、なにがあったのかを実践《じっせん》してあげる。ついてきて」

そうしてわたしが彼を連れていったのは、大通りから少し離《はな》れたところにある鎮守《ちんじゅ》の森だ。

人工の明かりのないその場所は、月と星のワルツによって深い青色に染まっていた。

七年前、まだ十歳だったわたしはこの場所で兄さんと姉さんがキスをする姿を見た。

降り注ぐ月光の下、二人は想《おも》いを交《か》わし合ったんだと思う。

でも、今日は――。

「兄さん、手を貸して」

お願いすると、兄さんは右手を差し出してくれた。

重いものでも運ぶのか、なんてとんちんかんな答えはもう返ってこない。

その手のひらの上に、わたしと対になっていない彦星《ひこぼし》のミサンガを一つ載せる。

「これは？」

「兄さんが落としちゃったものだよ。遅《おそ》くなったけど、返すね。で、もう一個どうぞ」

続いて、もう一つの、今度はわたしと対《つい》になる彦星《ひこぼし》のミサンガも載せていく。

「なんで二つも。それに、こっちのデザインは今年のじゃないよな？」

「見覚えない？　そんなことはないはずだけど。よく見て、思い出して。この数ヶ月、兄さんはそれとよく似たデザインのミサンガをずっと気にしてたはずだよ？」

わたしが首を傾《かし》げると、兄さんの中で全てが繋《つな》がったらしく大きく目を見開いていた。

「まさか」

「理解した？　そう。七年前の星逢《ほしあい》祭りで、兄さんと姉さんはデートをしたの。今日のわたしたちみたいにね。そして、この場所でキスをして結ばれた。兄さんがずっと気にしていた姉さんのミサンガの対《つい》の相手は兄さんだよ。姉さんに、兄さん以外の男なんているはずないでしよ？　で、わたしは二人がキスをするところを見て、自分の中の初恋《きもち》を自覚したってわけ」

「じゃあ、俺と千惺《ちせ》は――」

「恋人《こいびと》、だった。だから、本当は今日のデートの相手はわたしじゃなく姉さんだったの。それが、兄さんが交わした姉さんとの約束。七年前の全て」

兄さんの瞳《ひとみ》が淡《あわ》く光る。

さっき、わたしの告白を断った時と同じ光。

もし、兄さんが姉さんと付き合っていることをちゃんと覚えていたのなら、わたしがなにをしても姉さん以外の誰《だれ》かに恋心《こいごころ》を抱《いだ》くことは決してなかっただろう。

そういう人だ。

けど、兄さんの記憶《きおく》の欠損はわたしに姉さんと並ぶチャンスをくれた。

『人魚姫《ひめ》』の教訓は〝恋《こい》はタイミング〟ということ。

いつかオレンジに染まったプールを見ながら宣言した通り、王子様が勘違いしている内に人魚姫《ひめ》から彼の心を奪《うば》う隣国《りんごく》のお姫《ひめ》様にわたしはなった。

奪《うば》えたのが王子様の心の半分だけだとしても、大健闘《だいけんとう》だ。

「でも、さっき言ったよね？　兄さんは、わたしと姉さんが同じくらい好きだから今はわたしとは付き合えないって。それは、つまり同じことが姉さんにも言えるはずでしょう？」

兄さんの瞳《ひとみ》を、試《ため》すように見返す。

「今更《いまさら》記憶《おく》を取《と》り戻《もど》しても、前と同じ関係には戻《もど》れないよ」

そこまで言い切って、わたしは最後の仕上げに取《と》り掛《か》かる。

呆然《ぼうぜん》としている兄さんの前に立ち、すっと背伸《せの》びをした。

前髪《まえがみ》が額に触《ふ》れそうなほど近い。

知っている匂《にお》い、知らない感触《かんしょく》。

兄さんの見開いた目の中には今はもう、わたししかいない。

ああ、ようやくだ。

強引《ごういん》に唇《くちびる》を重ねる。

ようやく、七年という時間《きょり》がゼロになった。


——時すらも止まるような静謐《せいひつ》で神聖な星の光の下で、兄さんとキスをした。


不意打ちだったけど、構わないよね?

一応、両想《おも》いなんだしさ。

「んっ……、ちゅ」

兄さんの唇《くちびる》は思っていたよりも熱くて、柔《やわ》らかくて、脳が溶《と》けそうなほど甘い。

ずっとずっとこうしたかった。

ずっとずっとこうしていたい。

体温が溶《と》け合い、互《たが》いだけを映す四つの瞳《ひとみ》が熱に浮《う》かされている。

心臓が熱くて、息だってろくにできなくて。

ああ。わたし今、恋《こい》をしている。

「――ふう。これ、わたしのファーストキスだから。特別な夜に特別なあなたにだからあげるの。わたしは絶対に今日のことを忘れない。だから、兄さんも絶対に忘れないでね」

ここまでして、わたしは初めて姉さんと完全に肩《かた》を並べることができた。

かつて姉さんがいた場所に今、十七歳になったわたしがようやく立っている。

☆　☆

会場に着いた私は、すぐにユヅくんたちを探しました。

かつて彼と二人で歩いた道を、今度は一人で走っていく。受付を見て回り、商店街を通《とお》り抜《ぬ》け、天文台の方へ向かおうとした時、ついにその背中を見つけました。

少し離《はな》れたところにいるせいか、声をあげても気づいてもらえません。

ユヅくんたちは、そのまま神社の方へいってしまいました。

嫌《いや》な予感に、胸が痛い。

だってそこは、その場所は、かつて私とユヅくんが永遠を誓《ちか》った場所で。

「え？」

きゅっと呼吸が止まる。

驚《おどろ》きだけが、音になって溢《あふ》れていく。

——時すらも止まるような静謐《せいひつ》で神聖な星の光の下で、二人はキスをしていました。

急速に喉《のど》が渇《かわ》いて。

頭は真っ白で。

「ヤです。嫌《いや》です嫌《いや》です嫌《いや》です。——うぁ、あぁぁぁあああああっ。あああ、もうもうっ」

涙《なみだ》が流星のように零《こぼ》れて、一瞬《いっしゅん》の輝《かがや》きを孕《はら》んだまま夜に墜落《ついらく》します。

落ちて、弾《はじ》けて、夜の中により濃《こ》い闇《やみ》が生まれるのです。

縋《すが》るように左手首に指を伸《の》ばしたのは、意識してのことではありません。

もはや私の癖《くせ》のようなもの。

ユヅくんが眠《ねむ》りについてからの七年にも及《およ》ぶ孤独《こどく》を進む為《ため》の、北極星のように指針としていたミサンガだったのに、神様はやっぱり私のことが嫌《きら》いなんでしょう。

長い時間そこにあった私とユヅくんのミサンガが解けて、指の隙間《すきま》から零《こぼ》れて地面に落ちる。

私の願いを叶《かな》えてくれないままに。

☆　☆　☆

キスを終えたわたしの視界の端《はし》に、よく知っている人がいた。

かつて、幼いわたしが立っていた場所に、今は姉さんが立っている。七年という月日がわたしたちの立ち位置を、ううん。

関係を変えてしまったんだ。

角度的に、兄さんからは見えない。

一歩遅《おそ》かったね、姉さん。

これで一勝一敗。

勝負は延長、サドンデスだよ。

そんな唇《くちびる》の動きを、けれども彼女が見ていないことをわたしはよく知っている。

いつも、いつでもそうだった。

姉さんの瞳《ひとみ》の中にいるのは、この広い世界にいる何十億の中でたった一人だけ。

一滴の涙《なみだ》が膨《ふく》らみすぐに臨界点《ちかい》を迎《むか》え、彼女の白い頬《ほお》を伝って落ちていく。

悲しみの中に、抱《だ》き合《あ》っているわたしと兄さんの影《かげ》だけが映り込んだ。

エピローグ　始まりを告げる鐘の音

東雲《しののめ》家にある全ての窓から、今は明かりが失われている。

家主たる東雲一香《しののめいちか》は、病院での夜勤中にコーヒーで眠気《ねむけ》覚ましがてら同僚《どうりょう》と雑談を。

一方、その息子《むすこ》が美しく成長した幼馴染《おさななじみ》姉妹《しまい》と修羅場《れんあいじじょう》を繰《く》り広《ひろ》げている頃《ころ》。

絶賛緊急《きんきゅう》事態対応中な主をよそに、ベッド脇《わき》に置かれた真新しい目覚まし時計だけがチッチッチッと小鳩《こばと》のさえずりのように鳴いていた。

秒針は絶えず走り回り、長針に重なってわずかに角度を変える。

そんなことを何度か繰《く》り返《かえ》すと、時計の針が九時を指した。

『は〜い、時間だよ。起きて、起きてよ。兄さん』

目覚ましの設定を〝午前〟と〝午後〟で間違《まちが》えた主人《ゆづる》のせいで、誰《だれ》も寝《ね》ていない夜に意味もなく、誰《だれ》にも聞かれることなく、アラーム音だけが響《ひび》き続ける。

『あれぇ、ま〜だ寝《ね》てるの？　もしかして希空《のあ》ちゃんの声ってば子守《こもり》歌？』

最初は優《やさ》しく、次は騒《さわ》がしく。

天河希空《あまかわのあ》という少女の美しい声で紡《つむ》がれるたくさんの言葉たち。

『さぁさぁ、今度はいつまで寝てるつもりなのかニャ？　そろそろ起きる？　まだ眠る？』

そのまま十秒が過ぎ、三十秒が過ぎてから、目覚まし時計は最後の言葉を闇《やみ》の中に落とした。

『よっし。十分、寝たでしょ。起きろ。ねえ、兄さん。この七年間、わたしはあなたにこう言いたかったの。もう我慢《がまん》なんてしない。これからは伝え続けるからね。おはよう。それから』


——世界で一番、大好きだよっ。


目覚まし時計が鳴っている。

ずっとずっと胸のうちに秘《ひ》めるだけだった天河希空《あまかわのあ》の想《おも》いを今は確かな形《こえ》にして、新しい恋の始まりを告げる鐘《かね》が鳴り続けている。

☆　☆　☆

さあ、仕切り直そう。

兄さんと姉さんの物語じゃなく。

姉さんとわたしの物語じゃなく。

わたしと兄さんの物語でもない。

兄さんと姉さんとわたしの三つの星が紡ぐ恋の話《さんかくのアステリズム》を。

ここから、これから。

あとがき

容姿や収入なんかの条件面ばかりが注目され見落とされることも多いのですが、恋愛において〝タイミング〟というのは重要な要素です。恋がしたいって気持ちになった時、肉体的、あるいは精神的に傍にいると、好みじゃなかったはずなのに、なんて思いつつも交際へ発展することってありますよね。だから、人はそのタイミングのことを〝運命〟なんて呼んだりします。

この物語の始まり、結弦と千惺の運命は誰の入る隙間もないほどぴったり重なっていました。ただこの世界を創造した神様は意地悪なので、二人の運命を強引に引き裂いたのでした。

すると、結弦のズレた歯車は勝機を窺っていた別の女の子の元へ転がり落ちてしまいます。結弦と千惺の完璧だった恋は、そうやって二人じゃなく三人の物語へ変化していきました。

故にこのお話の主人公は一人ではなく、結弦と千惺と希空という三つの星です。めんどくせー三角関係ものが書きたいんですよねーと言って約四年、企画が通ってからは約二年、ようやく渾身のめんどくせー三角関係ものをお届けできることを嬉しく思います。

この二年で、実はラノベ作家を辞めようかと何度も思ったりしました。才能のなさに絶望しました。原稿にOKが出ないことに、焦りと憤りを抱きました。泣いた夜があり、眠れぬまま迎えた朝がありました。強い言葉と感情で、大好きな人たちを傷つけたこともありました。

それでも、やっぱり書くことは捨てられませんでした。

けれど、それは僕という人間が持つ強さゆえではありません。

先輩《せんぱい》（特に、親身になって相談に乗っていただいた電撃《でんげき》文庫でも大活躍《だいかつやく》中のM先生）や後輩《こうはい》や同期のみんな（特に、プライベートでも仲よくしてくださってるNさん）、家族や友人。なにより読者の皆《みな》さんが、ずっと感想や応援《おうえん》を送ってくれたから。

――ありがとう。まだ届けたい感情《きもち》が胸《ここ》にあるから、まだまだ葉月文《はづきあや》の描《えが》く物語を読みたいと言ってくれる人が一人でもいるなら、もう少しだけ小説《このみち》を書き続《ある》けようと思います。

担当編集を始めとする多くの方々、作品を華《はな》やかに彩《いろど》ってくださったU35先生にも感謝を。

全てが最高だという前提条件を踏《ふ》まえての個人的な意見になりますが、U35先生といったら特に〝夏〟だと思っています。そんなU35先生と夏の恋《こい》物語をご一緒《いっしょ》できて嬉《うれ》しいです。

実は担当さんにも伝えていなかったのですが、今作の企画《きかく》をふと思いついたのはU35先生がキャラデザを担当されていたアニメのイベントから帰っている途中《とちゅう》でのことでした。なのでイラストレーターさんがU35先生に決まったと連絡《れんらく》を受けた時、一方的に運命なんてものを感じたりもしたり。これも一つのタイミングなのかな。どうぞ、よろしくお願いします。

ではスペースもなくなってきたので、今回はこのへんで筆を置きますね。

Hello,Hello and Hello.《またお会いしましょう》

夏の夜空に並ぶ三つ《さんかく》の星の輝《アステリズム》きを見上げながら　葉月文《はづきあや》

◉葉月　文著作リスト

「Hello,Hello and Hello」（電撃文庫）
「Hello,Hello and Hello　～piece of mind～」（同）
「あの日、神様に願ったことは I　kiss of the orange prince」（同）
「あの日、神様に願ったことは II　girls in the gold light」（同）
「あの日、神様に願ったことは III　beginning of journey under the bright blue sky」（同）
「ホヅミ先生と茉莉くんと。Day.1 女子高生、はじめてのおてつだい」（同）
「ホヅミ先生と茉莉くんと。Day.2 コミカライズはポンコツ日和」（同）
「ホヅミ先生と茉莉くんと。Day.3 青い日向で咲いた白の花」（同）
「さんかくのアステリズム
俺を置いて大人になった幼馴染の代わりに、隣にいるのは同い年になった妹分」（同）

本書に対するご意見、ご感想をお寄せください。

ファンレターあて先
〒102-8177　東京都千代田区富士見2-13-3
電撃文庫編集部
「葉月　文先生」係
「U35先生」係

本書は書き下ろしです。

電撃文庫

さんかくのアステリズム
俺《おれ》を置《お》いて大人《おとな》になった幼馴染《きみ》の代《か》わりに、隣《となり》にいるのは同《おな》い年《どし》になった妹分《あいつ》

葉月《はづき》 文《あや》

◇◇◇

2023年11月10日　初版発行

発行者　山下直久
発行　株式会社KADOKAWA
〒102-8177　東京都千代田区富士見2-13-3
0570-002-301（ナビダイヤル）
装丁者　荻窪裕司（META＋MANIERA）
印刷　株式会社暁印刷
製本　株式会社暁印刷

●お問い合わせ
https://www.kadokawa.co.jp/（「お問い合わせ」へお進みください）
※内容によっては、お答えできない場合があります。
※サポートは日本国内のみとさせていただきます。
※ Japanese text only

※定価はカバーに表示してあります。

ISBN978-4-04-915116-9　C0193　Printed in Japan

電撃文庫　https://dengekibunko.jp/

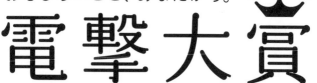